Comment tuer le vétérinaire ?

À propos de l'auteur

André L'Héritier, docteur vétérinaire (Maisons-Alfort 1960), a exercé la médecine rurale à Massiac, petite ville du Cantal, jouxtant la Haute-Loire et le Puy-de-Dôme. À fréquenter veaux, vaches, cochons, moutons et chèvres, ainsi que leurs propriétaires, il a emmagasiné une foultitude de souvenirs et d'histoires amusantes. Cela lui permet, aujourd'hui, de vous régaler avec ses romans qui, pour la plupart, prêtent plus à rire qu'à pleurer.

André L'Héritier

Comment tuer le vétérinaire ?

Tournez la page
éditions

Chapitre I

En juin les jours sont longs, le soleil n'en finit pas de disparaître à l'horizon. Cependant ce fut seulement quand l'obscurité commença enfin à gagner les fonds de la vallée de l'Alagnon qu'Henri Mizoule, bel homme d'une quarantaine d'années, aux yeux pétillant d'intelligence cachés derrière une paire de lunettes, vétérinaire à Massiac, une jolie petite ville, la porte fleurie du Cantal, put rentrer chez lui. Il avait turbiné dur, du matin jusqu'au soir, se rendant de ferme en ferme, passant d'une vache à un cochon, puis de celui-ci à une chèvre ou à un mouton. À peine avait-il réussi à prendre quelques minutes pour avaler un trop rapide repas, sur le coup de midi ; si rapide qu'il lui était resté sur l'estomac. Aussi se trouvait-il complètement exténué, car, bien que jouissant d'une excellente santé, il n'était pas de ces rares veinards absolument increvables.

En outre, il se sentait terriblement énervé. Il y avait de quoi. La dernière bête qu'il avait soignée, une Salers très bonne laitière, lui étant apparue épuisée par ses lactations successives, il lui avait appliqué un traitement de choc qui comportait notamment l'injection intraveineuse de deux cent cinquante centimètres cubes d'un mélange de calcium et de phosphore. Hélas, impossible de dénicher ce médicament miracle au milieu de toutes ses drogues, un épouvantable fouillis, surtout en fin de journée. Il est assez curieux de constater qu'on ne parvient jamais à trouver les choses dont on a un besoin urgent, alors que, lorsqu'elles vous sont totalement inutiles, elles vous tombent sous le nez instantanément. Personne n'est encore parvenu à fournir une explication rationnelle à ce phénomène pourtant incontestable. Fébrilement, croyant devenir fou, il avait cherché pendant un temps interminable. Il avait vécu l'Enfer. Évidemment il avait fini par dégoter le flacon tant désiré, mais il en tremblait encore d'exaspération, ceci d'autant plus qu'une question angoissante le taraudait : « ai-je rangé dans mon portefeuille le billet de cent francs que le père Chalier m'a donné pour me payer, ou l'ai-je laissé tomber par terre ? C'n'est pas croyable, mais je ne m'en souviens absolument pas ! » Il en aurait pleuré !

Il s'approchait de Massiac.

« Mon Dieu, implorait-il, en conduisant rapidement sa voiture, faites que je n'ai plus aucune visite à effectuer aujourd'hui. »

Il faut dire que s'il aimait son métier, ainsi, cela va de soi, que le pognon que l'exercice de celui-ci lui rapportait légitimement – ah Dieu, il ne le volait pas ! –, il n'était pas pour autant un forcené du boulot, un stakhanoviste de la seringue, loin de là. En fait, pour lui, travailler n'était pas vraiment un réel plaisir, mais plutôt une ennuyeuse et pénible nécessité. Il préférait, comme d'ailleurs la majorité des êtres humains, le repos, les nuits paisibles, les longues siestes après le déjeuner, la lecture assis dans un fauteuil confortable, les jeux de cartes en compagnie d'amis, bref tout ce qui constitue les plaisirs de la vie. Pourquoi donc, alors, avait-il choisi cette profession ?

Il se le demandait souvent en regrettant amèrement de ne pas avoir suffisamment réfléchi à la question quand il avait décidé, une fois ses études secondaires brillamment terminées par une mention bien au baccalauréat, de préparer le concours d'entrée à l'école vétérinaire de Maisons-Alfort. Reçu dès sa première tentative, il avait hurlé de joie. Maintenant, il réalisait que ce succès aurait dû, au contraire, le plonger dans un profond désespoir. Malheureusement, quand le vin est tiré, il faut le boire. Ainsi ce feignant de nature était-il condamné à mener une véritable existence de galérien !

« Je disais aimer les animaux, la vie à la campagne et d'autres niaiseries de cet acabit, se lamentait notre homme. Quel âne ai-je été ! Si je m'étais montré un peu plus intelligent, je serais, à cette heure, pharmacien ou, mieux encore, notaire. Mon cher papa, très à son aise, n'aurait eu aucune peine à me payer, soit une officine, soit une étude. Je gagnerais beaucoup d'argent, tout en ne faisant pas grand-chose. Ah, si c'était à refaire ! »

La plupart des gens sont comme cet infortuné. À moins d'être des enfants de la balle, ils optent un peu au hasard pour un métier dont ils ne connaissent presque rien et notamment pas les nombreux inconvénients. Après, parfois ils s'en félicitent, toutefois, le plus souvent, ils s'en mordent les doigts, engagés jusqu'à l'âge de la retraite dans une voie qui ne leur convient absolument pas ; et il n'est pas commode de faire machine arrière.

Installé à Massiac, son pays natal, en 1950, son diplôme une fois en poche, et après avoir effectué son service militaire, puis cinq à six mois d'aide, chez un confrère du Puy-de-Dôme, dans le but de parfaire ses connaissances et surtout de commettre loin de chez lui les quelques bourdes inévitables quand on est débutant, il s'y était fait une fort belle clientèle. D'une part il était tout sauf un imbécile et se montrait assez adroit de ses mains, d'autre part il avait bénéficié d'une conjoncture éminemment favorable.

À cette époque, les paysans des hauts plateaux du Cantal, ainsi que ceux des monts du Cézallier, abandonnèrent peu à peu la culture des céréales et celle des pommes de terre au profit de l'élevage des bêtes à cornes. Les terres labourées disparurent, remplacées par des herbages ; le sol volcanique s'y prêtait merveilleusement. Jamais le Pays Vert n'avait autant mérité son nom. En outre, non seulement les cheptels augmentèrent notablement d'importance, mais aussi aux Salers et Aubracs rustiques, remarquablement adaptées au climat rigoureux de la région, par conséquent rarement malades, furent adjointes notamment des Hollandaises et des Montbéliardes, véritables usines à lait, seulement infiniment plus fragiles que les animaux autochtones. De surcroît, l'arrivée massive des antibiotiques, dans les années qui suivirent la fin de la Deuxième Guerre mondiale, permirent de guérir beaucoup plus de maladies qu'autrefois ; les bactéries ne s'y étaient pas encore habituées. Ainsi, appeler le vétérinaire devint vraiment rentable. Ce n'était plus comme naguère de l'argent plus ou moins jeté par les fenêtres.

Son travail augmentant sans cesse, Henri avait pris un associé, cinq ans après son installation, Gabriel Saupiquet, un évadé de Paris qui avait quitté la Capitale pour le calme d'une campagne verdoyante, sa femme ne parvenant pas à supporter l'Enfer de la vie urbaine. Hélas, malgré l'aide appréciable apportée par ce dernier, fort intelligent lui aussi, il était sorti premier de sa promotion, notre malheureux vétérinaire ne parvenait que beaucoup trop rarement à se reposer.

À la nuit tombée, Henri parvint chez lui, une somptueuse villa, entourée d'un jardin, dressée à la sortie de Massiac, en bordure de la route d'Aurillac. Eh oui, ce riche bourgeois ne logeait pas dans une HLM.

– Il n'y a rien d'autre ? demanda-t-il anxieusement à sa femme, Régine, une belle brune, aux yeux noirs, bien en chair, qui aurait été charmante si elle n'avait pas possédé un caractère un peu vif.

Qui ne présente pas quelques petits défauts ?

– Non, rassure-toi, tu vas enfin pouvoir souffler un peu.

– Tant mieux.

– En fait, un vêlage est arrivé il y a dix minutes à peine.

– Un vêlage !

– Oui, mais j'y ai envoyé Saupiquet qui était rentré depuis déjà un bon moment.

– Loin, ce vêlage ?

– Oh oui, à Anzat !

Henri frémit de peur rétrospective. Quelle horreur s'il lui avait fallu partir là-haut, si tard, quasiment au sommet des monts du Cézallier, pour se coltiner un boulot qui, parfois, est terriblement difficile, long et très pénible. Pourquoi ces cons de bouseux font-ils saillir leurs vaches par des taureaux beaucoup trop gros ? Quelle chance d'avoir échappé à cette corvée ! Brave et excellent Saupiquet ! Avec un soupir de satisfaction, il quitta ses bottes, se lava les mains et s'attabla devant un dîner copieux et succulent.

Succulent, car Régine se montrait géniale dès qu'elle se trouvait dans une cuisine, devant un fourneau. Évidemment elle disposait d'une bonne à tout faire. Épouse d'un homme gagnant plus que confortablement sa vie, elle aurait eu grand tort de s'en priver, d'autant plus qu'elle ne payait Yvonne – cette brave fille s'appelait Yvonne – qu'à coups de lance-pierres. À cette époque, notamment en province, la rémunération perçue par les esclaves domestiques était absolument dérisoire, toutefois ces malheureuses, supérieurement dressées par une sévère éducation où la religion tenait une bonne place, l'acceptaient sans récriminer. Éloignées des pernicieuses influences des grands centres urbains, ces innocentes se résignaient avec sérénité à leur pauvreté puisque celle-ci leur assurait d'occuper la meilleure place au Paradis. N'étant pas jugée digne de confectionner les repas destinés au maître de la maison, notre employée se voyait cantonnée aux viles besognes : la vaisselle, le ménage, la lessive et, dès que Monsieur rentrait à la maison, le nettoyage de ses bottes crépies de fumier.

Naturellement cette situation subalterne ne la remplissait pas d'un enthousiasme délirant, seulement, complètement dépourvue de diplômes et, aussi, il faut bien le reconnaître, d'une grande intelligence, elle devait s'en contenter. Elle vivait dans l'espoir que la rencontre d'un prince charmant lui permettrait de la quitter un jour. Dans ce but, elle fréquentait assidûment les bals du samedi soir et, grâce au Ciel, elle était parvenue à garder intact son mignon trésor, son principal atout. Elle ne le ferait goûter qu'au jeune homme beau, gentil, très riche et lui offrant le mariage, qu'elle recherchait. À l'époque, la pilule n'était pas encore d'usage courant dans la France profonde, par conséquent les demoiselles devaient prendre beaucoup de précautions. Il leur fallait absolument éviter de faire ce dont pourtant elles mouraient d'envie, car une catastrophe était toujours possible : gagner un petit lardon et voir s'envoler le père de celui-ci. Hier, la vie était autrement moins facile qu'aujourd'hui.

Henri savourait son dîner avec béatitude, cependant il ne jouissait pas d'une sérénité parfaite. En effet, véritable épée de Damoclès suspendue au-dessus de sa tête, le téléphone pouvait sonner à tous moments ; le téléphone, cet appareil lui apportant l'argent, qu'il appréciait, mais également, hélas, le boulot allant avec, boulot qu'il aimait beaucoup moins ; surtout le soir et la nuit. Salariés et fonctionnaires, à la douce vie pépère, ne peuvent le comprendre. Le malheureux vivait donc constamment plongé dans l'angoisse. Il n'était jamais complètement tranquille.

Et ce qu'il craignait arriva !

À peine avait-il entamé son dessert, des meringues nappées d'une onctueuse crème au chocolat, un des triomphes de Madame, que cet horrible instrument dépourvu de pitié se fit entendre.

Régine décrocha. Elle écouta, puis demanda :

– C'est vraiment urgent ? Cela ne peut pas attendre demain matin ?

– Oh non, pensez-vous, notre bête a plus de 42 degrés[1]. Elle tremble comme une feuille.

– Vous n'avez pas de médicaments pour lui faire une piqûre ?

Elle insistait dans le but louable d'éviter une corvée supplémentaire à son petit chéri.

– Eh non, absolument rien.

– Ah bon, dans ces conditions je vais vous envoyer mon mari dès qu'il sera rentré.

Innocent léger mensonge. Il n'est pas mauvais de faire croire aux clients que leur vétérinaire, surchargé de travail, ne se repose jamais. Ils n'en sont que plus reconnaissants de le voir arriver rapidement chez eux.

– Qu'est-ce que c'est ? demanda anxieusement Henri.

– Une vache malade chez les Berthon aux Chausses de Saint-Poncy.

– Quelle tuile !

– Oui, tu n'avais vraiment pas besoin de ça !

---

1 La température normale d'une vache est de 38,5 degrés.

– Enfin, ce n'est qu'à quinze kilomètres et pas un vêlage. Je vais tâcher d'expédier cette visite vite fait bien fait.

– Et après au lit, mon pauvre chéri !

L'infortuné Henri dut repartir dans l'obscurité, aussi joyeux qu'un condamné à mort gravissant les marches de l'échafaud. Bof, il n'était pas tellement à plaindre. Rouler au volant d'une voiture confortable, sur une route de campagne dégagée, au cours de la belle saison, n'a rien de vraiment désagréable. Il y a pire. Seulement notre homme se trouvait complètement épuisé, à la fois moralement et physiquement. Il éprouvait l'accablante impression que pas une bête de la région ne se portait correctement et qu'il devrait turbiner du matin jusqu'au soir et du soir jusqu'au matin durant sa vie entière.

« Qu'est-ce que ces cons foutaient dans leur étable à c'te heure ? Ils n'auraient pas pu être couchés comme tout le monde ! À croire qu'ils ne peuvent jamais quitter le cul de leurs sacrées vaches ! »

L'accueil qu'il reçut lui remonta un peu le moral :

– Ah merci, docteur, d'être venu si vite. On se faisait un sang d'encre pour notre Charlotte.

– Bon, on va voir ça.

La Charlotte, une superbe Montbéliarde, dotée d'une mamelle impressionnante, semblait fort mal en point. Alors que ses copines, couchées sur leur litière, ruminaient[1] paisiblement en rêvant à de verts pâturages et à de fringants taureaux, elle se tenait debout,

---

1 Savez-vous que les vaches sont des adeptes de la journée de huit heures ? Huit heures passées à manger, huit à ruminer, puis huit à dormir. La belle vie pour ces veinardes ; belle vie qui, hélas, se termine toujours tragiquement.

affichant un air lamentable, les yeux mornes, agitée de frissons. Elle devait à coup sûr tenir une fièvre carabinée.

– Quarante-deux degrés cinq, constata Henri, après lui avoir pris la température. Effectivement, vous ne m'avez pas dérangé pour rien.

La cause n'était pas difficile à diagnostiquer : une superbe mammite. « Excellente chose, pensa notre vétérinaire, une maladie suraiguë guérit la plupart du temps autrement mieux et plus rapidement qu'une autre traînant depuis plusieurs jours. Grâce aux antibiotiques et à la cortisone, tout sera rentré dans l'ordre dès demain matin. Ce sera spectaculaire et très bon pour ma réputation. »

Il injecta quelques drogues, en laissa pour le lendemain et le surlendemain. Ensuite, il prit un malin plaisir à recommander :

– Il faut surtout éliminer les microbes en trayant les deux quartiers malades le plus souvent possible ; surtout pas par terre, évidemment.

– Le plus souvent possible ?

– Oui, toutes les heures, si vous en avez le courage.

– Même la nuit ?

– Si vous le pouvez, ce serait le mieux !

« Ah, mes salauds, chacun son tour d'être emmerdé ! »

Puis il quitta les Berthon, avec des paroles rassurantes et, bien entendu, nanti d'un chèque confortable qu'il rangea soigneusement dans son portefeuille.

« Pourquoi, se demanda-t-il, en roulant en direction de Massiac et de son lit, ces abrutis m'ont-ils appelé à dix heures du soir et pas plus tôt ? »

Pourquoi ? Eh bien parce que les Berthon avaient l'habitude de traire leurs bêtes à cette heure, indue pour beaucoup, mais normale pour eux. Le drame pour Henri était que certains de ses clients se levaient et se couchaient tôt, tandis que d'autres se levaient et se couchaient tard. Il devait se plier aux horaires de tous, alors que lui préférait se lever tard et se coucher tôt. Il faut dire que, très amateur de la chose, il se livrait en compagnie de sa charmante épouse à de fréquentes galipettes, certes infiniment plaisantes, mais aussi assez fatigantes.

Le lendemain, Henri et Gabriel se retrouvèrent sur le coup de neuf heures du matin, avec déjà quelques visites à leur programme. Malgré un ciel sans nuages, ils avaient le moral dans les chaussettes.

– En forme ?

– Bof, plutôt crevé !

– Difficile, ce vêlage d'hier soir ?

– Dieu, ne m'en parle pas ! Une horreur !

– Oh.

– Eh oui, il m'a fallu découper le veau, une embryotomie[1] totale. Pas un petit boulot, je te prie de le croire. J'en ai bavé comme un Russe. Parti à neuf heures du soir, je ne suis rentré à la maison qu'à près de deux heures du matin ! Tu te rends compte !

– C'était à quel endroit ?

---

1 À cette époque, au début des années soixante, les césariennes chez les bovins n'étaient pas couramment pratiquées par les vétérinaires du Cantal. Toutefois, elles n'allaient pas tarder à devenir à la mode, supplantant les embryotomies et les expédiant aux oubliettes du passé.

– Chez le père Soulayou, au Bosberty d'Anzat-le-Luguet, à trente bornes d'ici, dans une étable dégueulasse et sombre où je ne voyais que dalle. Il y avait tellement de fumier et si peu de paille que je ne savais pas où mettre mon matériel. Tu vois d'ici le tableau !

Henri réalisa qu'il avait eu beaucoup de chance d'avoir échappé à cette épouvantable corvée.

– Quelle vie on mène !

– Si ça continue, on va y laisser la peau !

– Joyeuse perspective !

– Moi, j'te dis, j'ai peur de ne pas tenir le coup très longtemps.

– Moi aussi !

– La solution est simple : il nous faut prendre un aide et le plus rapidement possible. Qu'en penses-tu ?

– Alors là, je t'applaudis des deux mains.

– Oui, c'est la seule chose à faire.

Gabriel Saupiquet se trouvait lui aussi au bout du rouleau. Une fois sorti brillamment de l'école de Maisons-Alfort, ce Parisien de naissance avait naturellement installé son cabinet non loin de la place d'Italie, là où il était né. S'il travaillait du matin jusqu'au soir, soignant les chiens et les chats de son quartier, parfois des canaris et des poissons rouges, en revanche ses nuits étaient paisibles. En effet, il est relativement rare que l'on appelle le vétérinaire à des heures indues pour Médor ou pour Minet. D'ailleurs, afin d'être assuré de ne pas être dérangé, il n'habitait pas là où il donnait ses consultations et, lorsqu'il rentrait chez lui, il laissait son téléphone se débrouiller tout seul. Il gagnait ainsi fort confortablement sa croûte sans se fatiguer outre mesure. Ce petit boulot peinard lui convenait parfaitement.

Hélas, sa séduisante épouse, Catherine, une dame absolument charmante, très jolie et dotée d'un caractère adorable, débarquée à Paris en compagnie de ses parents, quelque dix ans auparavant, ne parvenait pas à s'acclimater à la vie urbaine. Elle ne rêvait que des immenses pâturages, des gorges profondes, au fond desquelles coulaient des eaux vives, et des sommets enneigés de son Cantal natal. Telle une fleur privée de soleil, l'infortunée s'étiolait, emprisonnée dans une horrible geôle malodorante de ciment, de pierres, d'acier et de verre, sous un ciel perpétuellement brumeux, encombré qu'il était par les fumées vomies par des milliers de cheminées. Or Gabriel l'aimait tendrement. La voyant perpétuellement cafardeuse, pâle et dolente, il s'inquiéta :

– Tu n'es pas malade ?

– Oh non.

– Pourtant tu n'as pas l'air vraiment en forme.

– C'est l'existence que nous menons qui ne me convient pas.

En fait sa vie en aurait satisfait plus d'une. Femme au foyer, nantie d'un mari pourvu d'une excellente situation, elle n'avait qu'à s'occuper de ses deux enfants, un garçon et une fille, et à préparer les repas pour son petit chéri qui, pas difficile pour un sou, mangeait de tout avec appétit, semblant être très satisfait de sa cuisinière. Malheureusement, les verts ombrages lui manquaient cruellement.

– Si tu trouves notre appartement trop triste, nous pouvons en changer, partir en banlieue, dans la vallée de Chevreuse, par exemple.

Quand on gagne du pognon à la pelle, rien n'est impossible.

– Ce sera terriblement loin de ton lieu de travail et puis nous serons toujours dans la région parisienne.

– Bien obligé, j'y ai mon boulot.

– Pourquoi n'irais-tu pas t'installer ailleurs ?

– Ailleurs ?

– Oui, à la campagne. Mon rêve serait de retourner dans le Cantal.

– Tu quitterais tes parents ?

Curieusement, ces derniers paraissaient avoir complètement renié leurs origines. Ils se plaisaient infiniment dans leur grande brasserie, à proximité du Châtelet. Ils ne craignaient ni le bruit ni la circulation démentielle, ni les fumées, ni l'absence de vastes pâturages.

– Ils viendront nous voir pendant leurs vacances.

Le brave Gabriel n'avait pas à s'inquiéter. Ses beaux-parents ne le dérangeraient pas souvent. En effet, ils n'appréciaient guère les congés durant lesquels ils s'ennuyaient comme des rats morts. Ils ne se trouvaient heureux de vivre qu'au sein de la trépidante et joyeuse animation régnant dans leur commerce. D'ailleurs, ayant passé leur jeunesse à turbiner au cul des vaches, ils avaient gardé de cette pourtant très saine activité un épouvantable souvenir. Plutôt mourir que de devoir remettre les pieds dans une étable. La seule évocation d'une bête à cornes et d'un pré leur donnait une crise d'urticaire. Partis depuis plus de vingt-cinq ans de leur pays natal, ils n'y étaient encore jamais revenus et n'entendaient pas le faire de sitôt.

– Tu voudrais donc que j'abandonne mes chiens et mes chats.

– C'est mon désir le plus cher.

Excellent mari, Gabriel, quoique absolument pas enthousiasmé par ce projet, mit en vente son cabinet et se retrouva quelques mois après associé à Henri Mizoule. Sa femme s'épanouit à Massiac, tandis que lui en bavait terriblement. Il dut, en effet, apprendre un nouveau métier. La rurale n'a rien à voir avec la canine et son exercice est autrement plus dur. Non seulement il faut travailler au cours de la journée, mais aussi, parfois, pendant la nuit, ce qui est épouvantablement ennuyeux. En revanche les clients se montrent, pour la plupart, franchement plus agréables. Aussi, depuis son départ de Paris, l'infortuné était-il perpétuellement crevé, au bord de la dépression nerveuse. Dans ces conditions, il applaudit à deux mains la proposition de son confrère et associé. La perspective d'avoir un peu moins de boulot le plongea dans une joie délirante.

Quelque temps après, le jeune François Ferry se présenta chez ses futurs employeurs. C'était sa première place, par conséquent il n'en menait pas large. Né à Marseille, y ayant toujours vécu, il n'avait pas, au cours de son existence, aperçu beaucoup de vaches. On n'en voit pas souvent sur La Canebière, et, à l'école de Maisons-Alfort, si chiens et chats abondent, en revanche les bovins sont plutôt rares. Bref, ce sympathique garçon, en dépit de ses années d'études et de son diplôme, ne connaissait pas grand-chose de son métier.

Heureusement, Henri Mizoule était un homme sage et un excellent pédagogue. Il ne confia d'abord à son nouvel employé que des besognes simples, tout en l'emmenant fréquemment avec lui afin de lui montrer le b.a.-ba de la profession. François, ayant reçu de ses parents une bonne dose de petites cellules grises, se montra un très bon élève. Bientôt il put être lâché dans les étables du Pays Vert sans faire courir trop de risques au cheptel de l'endroit, d'autant plus que, s'il rencontrait un cas difficile, dépassant ses compétences, il avait toujours la possibilité d'appeler à son secours un de ses deux patrons. Savoir ne pas se trouver seul le rassurait.

Comme il aimait le métier de vétérinaire rural et appréciait les charmes de la campagne, notamment l'exubérante végétation verdoyante du Cantal qui le changeait de sa Provence un peu trop aride, il aurait pu envisager de rester à Massiac, de s'associer avec messieurs Mizoule et Saupiquet et d'accomplir là toute sa vie professionnelle. Hélas, il comprit très vite que cela lui serait impossible. En effet, malgré les semaines, puis les mois, qui passaient, il ne parvint jamais à vaincre l'épouvantable trouille qui l'envahissait dès qu'il devait soigner une Salers ; à ses yeux un fauve redoutable, excessivement dangereux, doté de grandes cornes pointues. Lorsqu'il lui fallait s'approcher d'un de ces monstres, il paniquait, son corps se couvrait d'une sueur froide, il était pris de tremblements incoercibles. Alors que, pour ne pas prendre trop de risques et travailler en toute sécurité, il convient de se coller à la bête, lui se tenait le plus loin possible de celle-ci ; aussi recevait-il plus que son lot de coups de pieds. Cela, évidemment, cercle vicieux, le rendait encore plus terrorisé. Quant aux bœufs – les tracteurs ne les avaient pas encore totalement supplantés –, à ces véritables mastodontes pesant parfois chacun plus d'une tonne, ils lui flanquaient une telle peur qu'il refusait obstinément de s'en approcher. Eh oui, un bon vétérinaire rural doit posséder, peu ou prou, une âme de toréador, et ce n'était pas son cas.

Il fut donc obligé de partir et d'aller en ville s'occuper de chiens, de chats et de poissons rouges, animaux infiniment moins effrayants ; surtout les derniers !

Ce fut avec d'autant plus de regrets qu'il laissait son cœur dans les monts du Cézallier. Là-haut, dans la commune d'Anzat-le-Luguet, vivait la ravissante Yolande, fille d'un éleveur cossu d'Apcher, un important village. Ayant aperçu cette séduisante jeune personne, à l'occasion d'une visite chez son père – une vache qui n'avait pas délivré[1] –, il l'avait revue, un samedi soir, au cours d'un bal. Il n'avait pas tardé à en tomber éperdument amoureux. En fait, ce qu'il avait pris pour une violente passion était sans doute un peu le fruit de son imagination qui avait paré cette belle enfant de toutes les qualités ; surtout parce que, pulsion sexuelle bien compréhensible, il voulait coucher avec elle. Une fois ses yeux dessillés, il se serait

1 À la suite d'un vêlage, une vache expulse les enveloppes placentaires peu de temps après. Sinon il faut appeler le vétérinaire qui le fait manuellement. Cette besogne, pas excessivement difficile, mais parfois longue et fatigante, toujours assez répugnante, est le plus souvent dévolue, dans une association, au plus jeune et au moins malin.

probablement rendu compte qu'elle était absolument ordinaire. Cette charmante demoiselle aurait bien volontiers fait le don de son petit trésor pour la vie entière à ce beau et gentil garçon pourvu d'une excellente situation. Hélas, malheur insigne, elle était la seule représentante de son sexe de la région à vouloir obstinément passer son existence, sinon derrière les vaches, les pieds dans la fumier, à la cambrousse, mais, tout au moins, dans le pays, le plus loin possible d'une ville. Il n'y en avait qu'une et c'était celle-là que le pauvre François désirait prendre pour épouse ! Quelle guigne !

Il partit désespéré, quant à Yolande elle n'avait aucun souci à se faire pour se dénicher un mari. Parmi les paysans du coin, elle pouvait choisir le plus gentil, le mieux bâti, le plus intelligent et le plus riche. Exemplaire unique dans sa catégorie, elle avait la possibilité de se montrer très difficile.

Jean-Pierre Leveau succéda peu de temps après à François. Il avait déjà travaillé dans d'autres places et n'y était jamais resté bien longtemps. Henri Mizoule et Gabriel Saupiquet comprirent rapidement pourquoi.

Ce jeune homme, petit noiraud, râblé, les jambes un peu tordues, doté d'une tête d'abruti et d'un gros nez prématurément rougi, avait vraiment tout contre lui. Non seulement il n'entendait pas grand-chose à la médecine vétérinaire – on se demandait légitimement ce qu'il avait bien pu faire pendant quatre années passées à l'école de Maisons-Alfort –, mais, en plus, il ne parvenait pas à cacher un goût tout à fait immodéré pour l'alcool. Dès la fin de la matinée, il ne voyait déjà pas très clair. Cela le rendait d'une nullité absolue. Bientôt, le voir arriver dans leur ferme remplit de désespoir les paysans de la région.

– Nom de Dieu, Germaine, ce n'est que le commis !

– Le poivrot ?

– Eh oui, cette andouille de poivrot !

– Eh ben, nous voilà propres !

L'infortuné client saluait Jean-Pierre en lui demandant :

– Monsieur Mizoule n'a pas pu venir ?

– Non.

– Ni monsieur Saupiquet ?

– Non.

– Ah bon, tant pis, entrez donc.

Ce n'était pas une ambiance pleine de confiance et de chaude cordialité.

Jean-Pierre regardait l'animal malade, proférait quelques âneries, effectuait des piqûres, le plus souvent complètement inappropriées, se faisait payer – « de l'argent foutu en l'air », pensait le propriétaire de la bête –, acceptait un canon, en redemandait un autre, puis il s'en allait ; en fait il essayait. Parfois ce n'était pas commode. Pas facile d'entrer dans une voiture et de la faire démarrer quand on est plein comme un boudin ! Le père Nicolas, de Sargues, dans la commune de Saint-Poncy, faisait rigoler tout le monde en racontant le départ laborieux de chez lui de cette caricature de vétérinaire :

– Ce foutu con ne parvenait pas à trouver son volant !

– Non !

– Eh si.

– Pourtant ça tient de la place, ce truc.

– Certes, seulement figurez-vous qu'au lieu de monter devant, il s'était assis derrière, au milieu de ses médicaments !

– C'n'est pas vrai, tu nous dis des conneries !

– Mais non, ma parole que je n'invente rien. Vous l'auriez vu, ça payait ! Il marmonnait : « Bordel de merde, un salopard m'a piqué mon volant. C'est quand même quelque chose ! » Il y serait encore si je ne l'avais pas pris par la peau du cou et mis à la bonne place !

– Il a réussi à partir ?

– Péniblement.

– Dans cet état, il n'a pas dû aller loin ? Il a fini dans le fossé ?

– Ben non, faut croire qu'il y a un Dieu pour les ivrognes. Pourtant ce ne sont pas les virages qui manquent entre Sargues et Massiac !

Sur la route, Jean-Pierre était un danger public. En Angleterre, on roule à gauche, en France à droite, lui préférait le milieu !

Quand un vétérinaire est appelé pour effectuer un vêlage, il ne peut pas faire semblant de faire quelque chose, il doit impérativement sortir le veau du ventre de sa mère, sans causer de dégâts à celle-ci. Il est là pour ça. Bien entendu Jean-Pierre s'en montrait absolument incapable, sauf si, par chance, la vache faisait le boulot à sa place, ses propriétaires s'étant affolés un peu vite. Hélas, il ne fallait pas trop y compter, car la plupart des paysans ne sont pas idiots et n'acceptent de dépenser leurs sous que lorsque l'affaire s'annonce difficile. Les médecins sont beaucoup plus vernis, surtout de nos jours depuis l'avènement de la Sécurité Sociale. Maintenant, jamais une femme n'accepte de mettre au monde son enfant seule, même si tout semble devoir se passer aisément. Aussi, ces veinards de toubibs se trouvent-ils confrontés, certes à quelques accouchements délicats, mais surtout à un grand nombre où ils n'ont rien à faire si ce n'est de conseiller : « poussez, Madame, allons un petit effort ! » Ensuite, ils passent à la caisse. Voilà du fric gagné sans peine !

Conscient de son incompétence, notre ivrogne appliquait un truc : il mettait la main dans le vagin de la parturiente, puis, prenant un ton docte, affirmait que la dilatation du col de l'utérus n'était pas encore terminée.

– Je vais injecter un produit pour accélérer le processus et je reviendrai dans une heure ou deux.

Ensuite, il partait le plus rapidement possible. Évidemment c'était l'un ou l'autre de ses chers patrons qui, un peu plus tard, se chargeait du travail, en se demandant pourquoi il payait cette sinistre andouille à la fin du mois.

Jean-Pierre réussit un bel exploit chez le Roger Boyer, le maire de la commune d'Anzat-le-Luguet. Très ennuyé, il ne put pas prétendre qu'il fallait attendre, en effet, les deux pattes antérieures du veau étaient déjà à moitié sorties. Par conséquent il dut se coltiner le vêlage, tout au moins le début. Il s'y prit avec tant de maladresse que, patatras, il déchira la paroi de l'utérus de la malheureuse vache. Constatant la catastrophe, il ne se démonta pas et, selon son habitude, il prétendit qu'il fallait attendre un peu pour terminer l'opération et il s'enfuit, pas tellement fier de lui.

Ce fut le brave Gabriel Saupiquet qui, une heure et demie plus tard, sortit le nouveau-né du ventre maternel. Ensuite, il découvrit le désastre et, comble de l'injustice, ce fut lui qui fut accusé d'avoir commis cette bourde par un Roger Boyer furieux, et non pas Jean-Pierre.

Le lendemain, fou de rage, il jeta ce dernier à la porte, sans même en référer à son associé.

– Tu comprends, lui dit-il peu de temps après, à force de faire des conneries, cet abruti allait finir par bousiller notre clientèle.

Leurs charmants confrères de Brioude et de Saint-Flour se seraient occupés, avec plaisir, des paysans mécontents.

Chapitre II

Un mois après le départ du lamentable Leveau, André Vernet débarqua dans le Cantal. Jeune homme, âgé de quelque vingt-cinq ans, l'air fort bien élevé, brun aux yeux verts, de taille moyenne, maigre, presque squelettique, il montrait, derrière une paire de lunettes, un visage à la fois timide et intelligent.

– Vous ne buvez pas ? lui demanda Henri Mizoule avec une légitime inquiétude.

– De l'eau, beaucoup, en revanche, n'ayez aucune crainte, j'éprouve une profonde horreur à l'encontre de toutes les boissons alcoolisées.

– Tant mieux.

– ...

– Oui, voyez-vous, nous avons eu de ce côté-là énormément d'ennuis avec votre prédécesseur, un poivrot de la pire espèce !

– Ah bon.

– Dites donc, vous ne paraissez pas être très costaud. Vous savez, notre profession est parfois très dure. Rentrer une matrice et faire un vêlage demandent une certaine force physique. En serez-vous capable ?

– Ne vous fiez pas aux apparences. Je dois ma maigreur non à une piètre santé, mais à la pratique assidue du sport.

– Ah bien.

Mis sur sa marotte et fier comme un pou de faire étalage de ses qualités, qu'il jugeait exceptionnelles, ce vaniteux d'André Vernet fanfaronna :

– Je pratique la course à pied avec pas mal de succès, notamment le dix mille mètres ; j'ai même un peu tâté du marathon.

Henri Mizoule considérait qu'il fallait être complètement maboul pour courir sans y être obligé. Lui ne pratiquait le sport que devant son poste de télévision et n'utilisait ses jambes que le moins possible ; il préférait conduire sa voiture. Il n'effectuait pas un seul déplacement à pied, même le plus court. Ce garçon, pensa-t-il, doit avoir la tête un peu faible, seulement quelle aubaine de l'avoir comme aide. Chaque fois qu'il sera nécessaire de marcher dans la neige, cela, hélas, arrive trop souvent tant les hivers[1] sont rudes sur les hauts plateaux du Cantal, nous

1 Dans les années 1960-1970, les hivers se montraient plus froids et plus enneigés qu'aujourd'hui. Quant aux voitures dotées de quatre roues motrices, elles étaient, alors, très rares. Par conséquent, pour atteindre certaines fermes, il fallait parfois effectuer plusieurs kilomètres à pied. C'était infiniment réjouissant, surtout la nuit. Sortis de leur lit douillet, les vétérinaires partaient de chez eux, le cœur rempli d'une chaude allégresse !

enverrons ce foutraque parfaire son entraînement, pendant que nous resterons au chaud au fond des vallées. Il nous faut donc l'embaucher sans hésiter, en priant le Ciel qu'il ne se montre pas aussi nul que cette sinistre andouille de Leveau.

Par chance, André Vernet avait déjà fait ses premières armes quelques mois en Bretagne, à Callac, puis près d'une année à Paulhaguet, en Haute-Loire, en commettant, bien entendu, un bon lot de bourdes désastreuses ; désastreuses pour de malheureuses bêtes et pour leurs infortunés propriétaires, mais pas pour lui qui, grâce à elles, avait acquis un peu d'expérience ; il savait, dorénavant, ce qu'il fallait surtout ne pas faire. À Massiac, sous la houlette d'Henri Mizoule, il finit d'améliorer son éducation et devint, au bout de quelques mois, un vétérinaire à peu près convenable. Bien que très gâté du côté des petites cellules grises, jamais cependant il ne fut un praticien de premier ordre, car il resta toujours assez maladroit de ses mains. Toutefois, il plaisait aux gens du coin qui appréciaient de le voir travailler, le jour comme la nuit, le dimanche comme en semaine. En outre, il se trouvait nanti d'un don merveilleux, fort appréciable dans ce pays montagneux : en dépit des tempêtes de neige les plus effroyables, ou du brouillard le plus opaque, partant à pied de sa voiture, il parvenait toujours, sans jamais s'égarer, à la ferme où on l'attendait. Là où plus d'un aurait tourné en rond indéfiniment, perdant parfois la vie, il s'en sortait. Même si vous habitiez dans un endroit complètement isolé, au diable vauvert, vous pouviez être sûr de le voir arriver chez vous. Ensuite, sa visite une fois terminée, lorsqu'il partait, il refusait en rigolant qu'on l'accompagne :

– Pensez-vous, ce n'est vraiment pas la peine de vous déranger.

– Vous ne craignez pas de vous paumer dans l'obscurité ?

– Vous plaisantez, je connais le pays.

Et il partait en courant – en courant, eh oui, l'entraînement –, disparaissant dans la nuit noire, laissant un client drôlement content de rester au chaud ; dispensé d'aller faire le guignol dans la neige, en se caillant les miches. Il bâtit ainsi sa légende : un vétérinaire pas vraiment exceptionnel, mais un type bien gentil, modeste, ne se prenant pas pour le Père Éternel, disponible à toute heure et pas un emmerdeur qu'il fallait aller chercher en tracteur, puis ramener à sa bagnole.

– Et ce brave garçon quitte soigneusement ses bottes avant d'entrer dans notre maison, en revenant de l'étable, faisaient remarquer les dames, pleines de reconnaissance. Ce ne sont pas messieurs Mizoule et Saupiquet qui prennent tant de précautions.

De plus, très conscient que les agriculteurs ne roulaient pas sur l'or, que leur prétendu bas de laine n'existait que dans l'imagination envieuse des citadins, il s'efforçait de ne pas faire payer trop cher ses services. On le sentait torturé quand la note s'alourdissait. Il faisait des additions – son intervention, le déplacement, les médicaments –, puis, affolé devant le total obtenu, quelques petites soustractions. Il transpirait à grosses gouttes, n'en finissant pas, n'osant pas annoncer la somme à laquelle il s'était arrêté, terriblement embêté, véritablement crucifié, car il ne voulait voler personne, ni ses clients ni messieurs Mizoule et Saupiquet.

D'ailleurs ces derniers, sans pour autant partager ses scrupules, n'en pratiquaient pas moins des tarifs assez raisonnables. Ils n'étaient pas de ces gangsters de la seringue et du bistouri dont on voyait alors quelques exemplaires dans certains coins reculés du Massif Central, où ces ignobles salopards exploitaient d'une façon éhontée de pauvres paysans, le plus souvent âgés, n'étant pas montés dans le train du progrès et pas excessivement malins, qui les prenaient pratiquement pour le bon Dieu, acceptaient tous leurs dires comme paroles d'Évangile et les remerciaient avec émotion d'achever de les ruiner.

Bref, André Vernet passait pour un gars assez sympathique.

À vingt-cinq ans, il était toujours célibataire. On se demandait même s'il ne poussait pas le ridicule jusqu'à être encore puceau. En effet, affligé d'une timidité maladive, dès qu'il se trouvait en présence d'une demoiselle, ou d'une dame, de plus de douze ans, et de moins de soixante-dix-sept, il perdait tous ses moyens, prenait un air idiot et se montrait absolument incapable, non seulement d'aventurer le moindre petit compliment, mais même de s'exprimer à peu près normalement. S'il connaissait beaucoup de choses, en revanche il ignorait complètement l'art de séduire nos douces compagnes. Ne sachant pas danser, il ne fréquentait pas les bals et, en dépit de l'envie qu'il en avait – son stock en hormones sexuelles étant parfaitement normale –, il fuyait les jupons ; ceux-ci le terrifiaient.

Dans le milieu rural, un vétérinaire est considéré comme quelqu'un bourré de pognon. Pensez donc, les infortunés bouseux ne cessent de lui en donner ! Aussi l'arrivée de ce garçon, non pourvu de l'âme sœur, ne passa-t-elle pas inaperçue des filles du coin et de leurs parents. Voilà un citoyen qu'il serait excellent d'avoir pour époux et pour gendre, d'autant plus qu'il paraissait être très gentil ; pas fier pour un sou.

Entrer en contact avec cet homme séduisant, lui présenter une jeune personne et la mettre intelligemment en valeur était chose aisée pour les exploitants agricoles de la région. En effet, si un médecin ne reste guère de temps auprès de ses patients – il les examine, les interroge, rédige une ordonnance, donne quelques conseils, se fait payer, puis s'en va –, sa visite ne dure que quelques minutes, une demi-heure parfois, bien rarement plus, en revanche on garde chez soi le vétérinaire beaucoup plus longtemps. Après avoir ausculté la bête pour laquelle on l'a fait venir, il lui administre lui-même les médicaments dont elle a besoin. Souvent, ensuite, on lui en montre une deuxième, voire une troisième... Quant aux délivrances et surtout aux vêlages, ce sont des opérations de longue haleine, on ne sait jamais quand elles vont se terminer. À travailler et à vivre ensemble des moments d'anxiété il se crée forcément des liens d'amitié. Souvent l'affaire se termine autour d'une table où André Vernet était cordialement invité à déjeuner. Il affichait une grande sobriété, refusant obstinément de boire ne serait-ce qu'une goutte d'alcool, mais il se rattrapait en bavardant gaiement et en savourant son assiette de potée auvergnate ou de pommes de terre au lard. Tous les potins du pays y passaient. C'était alors qu'il se montrait un homme précieux. Se rendant de ferme en ferme, et n'ayant, ni les oreilles ni la langue dans sa poche, il était littéralement intarissable. Véritable gazette ambulante, pas une dame, ou un monsieur, ne trompait son conjoint, à trente kilomètres à la ronde, sans qu'il le sache et en fasse profiter son auditoire. En sa compagnie, la rigolade était assurée. Sans doute parce que sa vie sexuelle frisait le zéro absolu, il semblait s'intéresser infiniment à celle des autres, à l'instar de beaucoup de vieillards qui, désormais incapables de dégainer, sont très friands d'histoires croustillantes ; celles-ci leur permettent de vivre par procuration ce qui leur est interdit par l'âge.

Évidemment quand un éleveur de la région appelait le vétérinaire, il ne savait jamais lequel il allait recevoir, Henri Mizoule et Gabriel Saupiquet, déjà pourvus chacun d'une épouse, ou André Vernet, ce garçon qui conviendrait si bien à la fille de la maison. Heureusement, se rendant compte, mois après mois, que leur aide devenait vraiment efficace et qu'il pouvait être lâché dans les exploitations agricoles de leur clientèle sans déclencher des catastrophes, ses employeurs se déchargèrent sur lui de beaucoup de besognes ; surtout des plus sales et des plus fatigantes. Tout allait pour le mieux. Les deux patrons, hommes raisonnables, n'appréciaient que juste ce qu'il faut de turbiner, tandis que leur assistant, forcené du boulot, au lieu de se prétendre fatigué, en redemandait toujours. Ces messieurs se frottaient les mains, ils étaient enfin tombés sur le bon numéro. Aussi voyait-on celui-ci plus souvent qu'à son tour devant une bête malade, ce qui ne pouvait que remplir d'allégresse les braves gens pourvus d'une fille à marier.

Chaque fois que la venue d'André Vernet était attendue, la demoiselle de la maison fourbissait ses armes et, durant la visite, s'efforçait de se montrer sous son meilleur jour. Pendant une délivrance, naturellement c'était elle qui se trouvait chargée de tenir la queue de la vache et, au cours de l'opération, elle tâchait de séduire ce grand benêt de vétérinaire à l'aide de son charmant sourire et de ses propos spirituels. Après un vêlage, elle ne laissait à personne d'autre le soin de laver soigneusement le pantalon de caoutchouc qu'il avait utilisé, démontrant de cette façon quelle excellente ménagère elle était. Si, par chance, notre homme restait à déjeuner, invité sans façons, ses parents affirmaient qu'elle avait préparé le repas, même si, en fait, c'était sa maman. Innocent petit mensonge.

– Vous en reprendrez bien un peu ?

– Oui, merci, ce n'est pas mauvais ; mais, attention, pas trop.

Un coureur à pied doit éviter de se surcharger l'estomac, l'idéal étant de sortir de table en ayant encore légèrement faim.

– N'est-ce pas que c'est bon ! Elle sait tout faire notre petite Huguette. Avec elle, croyez-moi, son mari ne sera pas malheureux !

Voilà des parents qui annonçaient carrément la couleur !

Timide, toutefois pas complètement idiot, André Vernet réalisa que plusieurs jeunes personnes du coin ne demandaient qu'une chose : tomber dans ses bras, pour le bon motif évidemment, séduites sans doute pas par ses charmes, mais surtout par sa situation. Il ne serait sûrement pas éconduit s'il demandait l'une d'elles. Aussi n'avait-il que l'embarras du choix ; choix néanmoins, en fait, assez restreint. En effet, imperméables à la poésie dégagée par de vertes frondaisons, un grand nombre de demoiselles, nées à la campagne, n'aspiraient qu'à quitter celle-ci, le fumier et les vaches pour la ville, ses lumières et ses commodités. Un vétérinaire rural, bof, ce n'était, à leurs yeux, guère mieux qu'un bouseux ou un maquignon. Quant aux autres, la plupart n'affichaient pas l'éblouissante beauté de la Vénus de Milo. Petites, noiraudes, les traits épais, bas de cul, elles n'avaient aucune chance d'être élues un jour miss monde. Toutefois cinq ou six sortaient du lot, très bien faites, arborant une figure empreinte d'intelligence et de gentillesse, elles avaient tout pour assurer le bonheur d'un honnête homme.

Titillé par ses hormones – à déjà vingt-cinq ans, vous pensez ! –, André Vernet envisageait la chose avec de plus en plus d'intérêt.

« Que vont en penser mes chers parents ? »

Question légitime, car, issu d'une vieille famille bourgeoise – un père ambertois, actuellement professeur, fils d'un magistrat, et une mère, thiernoise, fille d'un modeste banquier – il avait été très sévèrement élevé par des gens qui étaient loin d'être des rigolos, qui ne fréquentaient pas la populace et ne frayaient qu'avec leur monde. On ne mélange pas les torchons avec les serviettes. Seulement, chaque fois que notre garçon avait rencontré des jeunes personnes qui avaient reçu la même parfaite éducation que lui, des jeunes personnes bien sous tous les rapports, il les avait jugées à la fois plutôt laides et terriblement ennuyeuses. Passer sa vie aux côtés d'une dame ayant avalé son parapluie n'est pas excessivement folichon.

Par ailleurs, il commençait à rêver sérieusement à la Solange Boudon, une ravissante blonde de Molèdes, un gros village de la montagne cantalienne, aux confins du Puy-de-Dôme, séparé de celui-ci par la brèche de Giniol. Elle le séduisait de plus en plus, au fil de ses visites. Quand il lui fallait monter là-haut, il frémissait d'aise. Cependant il n'avait encore jamais osé le moindre compliment. Probablement cet âne espérait-il que la belle enfant allait se jeter à son cou sans même qu'il ait à lever le petit doigt !

Cependant, furieux de se voir si timide, il se jurait, chaque jour, que, dès le lendemain, il ferait un effort et tant pis pour ses parents.

« Bon Dieu, à mon âge, je ne vais quand même pas demander leur autorisation ! Cela fait un sacré bout de temps que je suis sevré ! »

Une glaciale et neigeuse nuit d'hiver, le téléphone sonna chez Henri Mizoule, le réveillant fâcheusement alors qu'il dormait avec béatitude dans les bras de Madame.

– Allô, docteur, Robert Boudon de Molèdes à l'appareil.

– Ouais.

– J'ai besoin de vos services.

– Ah.

Un ah complètement dépourvu d'un enthousiasme délirant !

– Une de mes vaches ne peut pas vêler.

– Vous avez essayé de tirer sur le veau ?

– Un peu, mais rien ne vient, il est beaucoup trop gros cet apôtre !

– La route n'est pas trop mauvaise ?

– Ben, pas fameuse.

– Il y a de la neige ?

– Eh oui, malheureusement, et des congères. Ce satané « écir[1] » ne s'arrête pas de souffler, il la promène.

– Diable !

– Mais si vous passez par le bas, par Fournial et Escrouzet, vous pourrez arriver en voiture jusqu'à la tour de Colombine. Ainsi, vous n'aurez au pire qu'à effectuer un kilomètre à pied.

– À pied !

Voilà qui ne sembla réjouir que très modérément l'excellent Henri Mizoule, loin d'être un sportif de haut niveau !

– Ben oui, je comprends que c'est fort ennuyeux.

– Heu...

– Mais envoyez-moi monsieur Vernet.

– Excellente idée !

Ben voyons !

– Je l'attends.

– Je vous l'envoie.

Ce fut ainsi que ce dernier se retrouva, sur le coup de deux heures du matin, dans l'étable des Boudon, après s'être coltiné une revigorante marche à pied dans la neige, d'autant plus sportive qu'il lui avait fallu

---

1 Vent glacial du nord-ouest.

porter tout son matériel, franchir quelques congères et affronter un terrible vent de face, vraiment sibérien. Plaisante profession, pleine de charme, ah que la campagne est belle !

L'affaire s'annonçait difficile. La vache, une Salers, avait été saillie par Pompidou, pas le président, non, mais un taureau charolais de grande taille, un sacré gaillard sur lequel on pouvait compter pour vous fabriquer autre chose que de la camelote. Les deux pattes antérieures du veau apparaissaient.

– Dieu, elles sont grosses ! Le citoyen doit peser son poids !

– M'en parlez pas ! On n'va pas le sortir facilement.

– Sûrement pas.

– Vous allez devoir le couper en morceaux ? Une si belle bête, c'est bougrement dommage, mais on n'y peut rien.

– Eh si, on peut quelque chose !

– Quoi donc ?

– Effectuer une césarienne.

– Une césarienne ?

– Oui, ce sera autrement plus facile et moins fatigant, et pour votre vache, et pour moi, qu'une embryotomie. En outre, vous aurez un veau vivant.

– Vous savez y faire ?

– Ben oui, évidemment.

– Jamais messieurs Mizoule et Saupiquet n'en ont pratiquées.

– On évolue. Le progrès n'arrête pas.

André Vernet avait appris la chirurgie obstétricale à l'école vétérinaire de Maisons-Alfort et, surtout, un de ses confrères, le sympathique Louis Eyraud, installé à Brioude, lui avait montré comment s'y prendre, la semaine précédente, une nuit où il l'avait appelé au secours, alors qu'il se trouvait placé devant un cas similaire, à La Pénide, commune d'Espalem, chez les Faucher. Il n'avait pas perdu une miette de l'opération. Aujourd'hui, il allait se lancer, survolté par la présence de la jolie Solange et pas mécontent d'en boucher un coin à ses deux chers patrons. C'était vraiment le moment de briller, de se montrer à la hauteur. Comme c'était la première fois qu'une césarienne allait être effectuée dans le coin, il allait passer pour un type formidable ; enfin si tout se passait bien. Il adressa une fervente prière au Ciel :

« Petit Jésus, ne m'abandonnez pas ! »

– Vous allez me faire bouillir mes instruments, demanda-t-il, pendant que je me mets en tenue ; puis nous attaquerons. Il n'y a pas une minute à perdre si nous voulons avoir le veau vivant, il n'a déjà que trop attendu.

Aussitôt dit, aussitôt fait. Les Auvergnats sont des gens rapides, à l'esprit vif. On n'a nul besoin de leur expliquer les choses deux fois.

– Monsieur Boudon, vous tiendrez votre bête par les trous du nez à l'aide de ces pinces mouchettes[1] que voilà, Madame, vous vous occuperez de la queue, quant à vous, Mademoiselle, après vous être soigneusement lavé les mains, vous m'aiderez.

Solange, absolument enchantée, ne pouvait pas demander mieux. André Vernet, lui, évidemment,

---

1 Instrument de contention, en forme de pince, servant à saisir la cloison nasale des animaux, les bovins en particulier, que l'on veut maîtriser.

préférait, effleurer, comme par mégarde, les mains de la fille plutôt que celles de la mère ; pourtant encore très belle femme, seulement ayant depuis peu atteint les cinquante ans.

Pendant que dehors régnait l'Enfer, que le vent soufflait en rafales glacées, que la neige n'en finissait pas de tomber, au chaud dans l'étable, notre jeune vétérinaire se trouvait au Paradis. Il s'entendait à merveille avec sa séduisante collaboratrice.

– Passez-moi cette pince.

– Voilà.

– Tenez celle-ci.

– Bon.

– Le fil, maintenant, du catgut numéro un, nous allons recoudre, ce qui n'est pas le plus facile.

– C'est celui-là ?

– Oui.

« Elle est drôlement mignonne, cette petite et elle se débrouille comme un chef ; elle a sûrement oublié d'être bête. »

« Il s'en sort drôlement bien. Il connaît vraiment son métier. En plus, il a l'air gentil tout plein. Seulement qu'est-ce qu'il est maigre, un véritable tas d'os ! Bof, la perfection n'est pas de ce monde. D'ailleurs beaucoup prétendent que les hommes un peu gringalets sont les meilleurs coqs. Et puis, compte tenu des montagnes de sous qu'il doit gagner, je ne peux pas me montrer trop exigeante. Finalement, il ferait vraiment mon affaire. »

Après l'opération, qui se déroula on ne peut mieux – la chance sourit aux audacieux – et qui vit la naissance d'un superbe veau, approchant presque les soixante kilos, le digne fils de ce sacré Pompidou, et ne demandant qu'à vivre, tous se retrouvèrent dans la salle de la ferme. L'ambiance était euphorique. Ils avaient eu un peu peur, le vétérinaire comme ses clients, et craint le pire. Maintenant, soulagés, ils se regardaient en souriant, très contents les uns des autres.

– Je ne vous offre pas un verre de vin, docteur, car je sais que vous ne buvez jamais d'alcool, mais, peut-être, accepterez-vous une tasse de café, ou bien de thé, proposa Madame Boudon.

Ils savaient vivre, ces braves gens, ils n'étaient pas des ploucs.

– Très volontiers, du thé, s'il vous plaît.

– Dis donc, la patronne, fit remarquer le Robert Boudon, après cette nuit mouvementée, nous crevons de faim. Eh oui, le boulot, ça creuse.

– Qu'est-ce que je vous sers ?

– Sors-nous le pain, le beurre, le fromage, le jambon et le saucisson. Qu'en pensez-vous, docteur ? La tisane, c'est bien beau, mais cela ne suffit pas pour remonter un homme ! Vous mangerez bien quelque chose, docteur ?

– Dans le fond, si vous le proposez, je n'ai rien contre.

Faisant honneur à ces agapes impromptues, André Vernet, qui pourtant d'habitude n'acceptait qu'assez rarement de prendre quelque chose, infiniment trop pressé pour cela, savourait le moment présent. Il jugeait que la vie valait la peine d'être vécue. Il ne pouvait pas rêver mieux. Il avait brillé sous les yeux d'une ravissante sirène et, ayant terminé avec succès la première césarienne effectuée dans le coin, il allait passer pour un type formidable. Quelle immense joie, pour ce perpétuel complexé à cause de son piètre physique. Il en oubliait sa fatigue ; fatigue très naturelle : une nuit blanche, commencée par une marche harassante dans la neige, puis suivie d'une opération chirurgicale terriblement stressante. Assis sur un banc, baignant dans une douce chaleur, entouré de gens sympathiques, il retardait, plus ou moins inconsciemment, le moment où il devrait partir, affronter le froid extérieur, regagner pédestrement sa voiture et rouler pendant vingt-cinq kilomètres sur de petites routes, tournicotant sans cesse et verglacées. Cependant, malgré le désir qu'il en avait, il ne pouvait pas s'éterniser dans cette ferme.

– Dites donc, fit observer la mère Boudon, elle vous a bien aidé, la petite !

– Oh oui, sans elle, je n'y serais pas parvenu !

Il exagérait un peu.

– Bon, merci pour ce délicieux repas, continua-t-il, je vais regagner Massiac.

– Eh, il faut que je vous règle. Vous ne travaillez pas à l'œil, que je sache !

– Ben non.

– Je vous dois ?

– Trois cents francs, s'il vous plaît.

Satisfait du boulot accompli, ce fut presque avec le sourire que le Robert Boudon lui fit son chèque.

– Finalement ce n'est pas trop cher pour le travail, fit-il remarquer.

– Tant mieux, si vous le dites. Au fait, pour ce prix, je reviendrai dans quelques jours, afin d'enlever les points de suture.

– Je vous raccompagne jusqu'à votre voiture pour vous aider à porter votre matériel ?

– Pensez-vous, c'est tout à fait inutile, d'ailleurs, cette fois, j'aurai le vent dans le dos, je ne le recevrai plus en pleine poire comme tout à l'heure.

– C'est ma foi vrai, et puis vous descendrez au lieu de monter.

Bref, une vraie rigolade !

Complètement épuisé, André Vernet n'aurait pas demandé mieux que d'être escorté, seulement il se devait de cultiver sa légende. Il partit rapidement et disparut dans la nuit noire.

La suite, on la devine.

Lorsque, deux semaines après, les routes étant enfin complètement dégagées, il se présenta chez les Boudon, il tomba sur Solange.

– Je suis seule, mes parents sont partis faire des courses à Allanche.

Un sacré coup de chance ! Si vous ne croyez pas que, là-haut, Aphrodite s'occupe avec bienveillance des amoureux, vous faites vraiment preuve d'un incurable scepticisme !

– Ah.

– Mais, portez pas peine, je vous tiendrai ma bête pendant que vous opérerez. Inutile de déranger un voisin.

Celui-ci n'aurait pu que fâcheusement troubler leur tête à tête.

Il fallut toutefois attacher la queue de la vache. Quoique remarquablement douée, Solange ne pouvait pas à la fois la tenir et agripper les trous du nez !

Après avoir rapidement enlevé les points de suture, notre vétérinaire risqua un petit compliment. Il faisait des progrès !

– Vous n'avez pas peur, toutes les demoiselles n'en feraient pas autant.

La conversation ainsi entamée se continua, car l'un et l'autre désiraient la poursuivre. Tant pis pour la mère Mizoule qui estimait qu'André Vernet ne se montrait jamais assez rapide. Elle l'aurait voulu constamment à sa disposition. Quelle catastrophe si son cher époux devait sortir !

Habilement, Solange évoqua les bals. Ceux-ci ne sont-ils pas les meilleurs endroits où filles et garçons peuvent se déclarer mutuellement leur flamme ? Se rendant compte de l'effet qu'elle produisait sur ce grand benêt, elle poussait à la roue.

– Je m'y rends tous les samedis soir, tantôt là, tantôt ailleurs. J'ai de la chance, mon père consent à me prêter sa voiture.

– …

– Je ne vous y ai jamais vu.

– Je ne sais pas danser.

– La belle affaire ! Je vous apprendrai, il n'y a rien de plus facile.

– Vous croyez ?

– Bien sûr que je le crois ! C'est un jeu d'enfant en comparaison d'une césarienne !

– Faudra que j'essaye.

– Eh oui. Si vous voulez, prenons rendez-vous pour samedi prochain, à Blesle, sur le coup de vingt et une heures.

Elle se trouvait obligée d'effectuer carrément les premiers pas tant André Vernet était godiche. Jamais il n'aurait osé pénétrer dans une salle de bal si elle ne l'avait pas tenu par la main !

– Bien volontiers. Ce soir-là, ainsi que la nuit suivante, je ne suis pas de garde.

Eh oui, ses chers patrons devaient quand même lui octroyer, à regret, un jour de repos par semaine.

Quelque temps après, il se retrouva en train de danser, tenant entre ses bras une Solange radieuse d'avoir réussi à ferrer ce gros poisson et de le voir se dégeler un peu. Danser, un bien grand mot, car, en fait, notre homme se dandinait n'importe comment. S'il ne maniait pas trop mal un bistouri, en revanche il n'avait aucune oreille et absolument pas le sens du rythme. Heureusement, cela ne choquait personne. En effet, sur la piste, la plupart des garçons et des filles se comportaient presque aussi maladroitement que lui. Quelle importance. Tous se fichaient absolument de Terpsichore. Ils étaient à la chasse, uniquement à la chasse, à la chasse de l'amour !

Ayant effectué ses premiers pas de danseur novice à neuf heures du soir, à dix André Vernet embrassa timidement sa partenaire sur la joue, à onze sur les lèvres et, à minuit, il lui déclara qu'il l'aimait à la folie, qu'il n'en aimerait jamais une autre et qu'il la voulait pour femme. Il s'y était pris un peu tard, mais, maintenant, il brûlait les étapes !

De son côté, Solange restait nettement plus froide, étant très loin d'être animée d'une telle passion. Certes elle jugeait ce jeune homme bien sympathique et pensait qu'elle ne pouvait pas espérer mieux que de devenir l'épouse d'un vétérinaire de Massiac.

Ainsi, elle quitterait le fumier et le cul des vaches sans, pour autant, trop s'éloigner de sa ferme natale et de ses parents. Elle aimait ceux-ci et sa région, aussi ne désirait-elle pas les abandonner. Avoir un mari pourvu d'une excellente situation, ne plus devoir effectuer un travail dur et salissant, être toujours proprement vêtue : le rêve ! Cependant le pauvre André Vernet ne lui plaisait pas vraiment. Il n'était assurément pas celui qu'elle attendait depuis toujours. Au cours de la césarienne qui lui avait permis de l'observer, si lui l'avait regardée avec adoration, elle, lucide, l'avait examiné attentivement, appréciant sa compétence, mais absolument pas son physique. La perspective de coucher avec ce maigrichon ne l'emballait pas outre mesure. Elle l'aurait voulu plus grand, plus costaud, infiniment plus musclé, plus poilu, bref, plus viril. Et puis, curieusement, elle lui reprochait de se montrer trop complaisant et trop poli ; sans doute, inconsciemment, était-elle attirée par les grosses brutes velues, par des mâles et des vrais, pas par des femmelettes.

Seulement, entre les songes et la réalité il y a de la marge. Le monde est ce qu'il est et non pas ce qu'on voudrait qu'il soit. Il faut donc être raisonnable, car à trop exiger on n'obtient rien. André Vernet, la gentillesse incarnée – tout au moins elle le croyait –, ne la rendrait pas malheureuse, d'autant plus qu'elle se faisait fort de porter la culotte dans leur futur ménage. Elle le mènerait par le bout du nez, il lui mangerait dans la main.Une petite existence douillette en compagnie d'un époux à sa dévotion et gagnant amplement sa vie valait assurément quelques sacrifices.

Par conséquent, manifestant une profonde sagesse, elle rendit fougueusement ses baisers à

André Vernet qui, naïf, s'imagina qu'elle l'aimait passionnément. Nos douces compagnes sont excessivement douées dans l'art de jouer la comédie.

Chapitre III

AYANT CRAINT le pire, les parents d'André Vernet se montrèrent très agréablement surpris en découvrant Solange, le jour où leur fils la leur présenta. Ébahis, ils se rendirent compte que cette jeune personne, en dépit de ses origines paysanne, de son enfance et de son adolescence passées dans une ferme, semblait posséder une excellente éducation et se trouver parfaitement à sa place dans leur milieu bourgeois. En fait il n'y avait rien d'étonnant à cela, notre vétérinaire, qui était loin d'être un imbécile et connaissait on ne peut mieux la mentalité de son père, et surtout celle de sa mère, avait minutieusement préparé sa belle amie à cette rencontre que tous deux appréhendaient. Il lui avait donné de nombreuses leçons dont elle avait amplement tiré profit. Elle les avait écoutées d'une oreille attentive, n'était pas bête et était pourvue d'une mémoire excellente.

– Il faut absolument que tu leur fasses une bonne impression, car tu comprends bien que notre mariage ne déclenche pas chez eux des transports d'enthousiasme. Ils vont me reprocher vertement de vouloir épouser une demoiselle n'appartenant pas à leur monde.

– Ils sont si snobs que ça !

– Ben, un peu.

– Ah.

– Je vais donc t'apprendre quelques petites choses complètement idiotes, mais auxquelles ces vieux fossiles attachent une énorme importance.

– Bon.

– Par exemple, quand tu les verras, surtout ne les salue pas en disant : bonjour messieurs-dames.

– Oh ! Pourquoi ?

– Parce qu'ils considèrent cette façon de parler comme très vulgaire. Il convient de dire : bonjour Madame, bonjour Monsieur.

– Je m'en souviendrai.

Le cours de savoir-vivre mondain avait continué, seriné jour après jour. Il faut dire :

Je vais chez le coiffeur et non pas au coiffeur.

Comment allez-vous ? Et non pas comment que ça va ?

Madame votre femme et non pas votre dame.

Voulez-vous venir dîner demain soir et non pas venir manger, ou abomination des abominations, casser une petite croûte !

Et cetera…

Solange poursuivait un but : s'élever dans l'échelle sociale, aussi s'efforça-t-elle avec une grande application d'assimiler toutes ces subtilités, qui semblent grotesques à beaucoup, mais essentielles à certains, et qu'elle devait absolument maîtriser pour ne pas être considérée comme une bouseuse mal dégrossie.

– Et surtout, insista son professeur en bonnes manières, reste muette le plus souvent possible. Si parler correctement est un art, savoir se taire en est un plus grand encore. Mon révéré père, un ancien professeur, n'aime rien tant que de discourir avec abondance. Laisse-le donc pérorer tout son soûl, en essayant de prendre un air très intéressé, même si ses propos te rasent. Il t'en saura un gré infini et te trouvera charmante, tandis que, si tu lui coupes sans cesse la parole en voulant absolument mettre ton grain de sel dans la conversation, il ne sera pas content, t'appréciera d'autant moins et jugera que tu es une petite dinde.

Ainsi, ce fut une Solange remarquablement entraînée que ses futurs beaux-parents rencontrèrent pour la première fois dans leur confortable villa de Royat, au-dessus de Clermont-Ferrand, sur la route menant au Puy-de-Dôme – un endroit guère fréquenté par le prolétaire et le sans-le-sou –, villa où Monsieur coulait une paisible retraite en compagnie de sa digne épouse. Évidemment ces deux bourgeois n'avaient pas poussé de grands cris d'allégresse quand leur fils, un fils unique, leur avait annoncé ses projets.

– J'ai enfin trouvé la femme de ma vie !

– Tant mieux, tu nous en vois ravis et pouvons-nous savoir de qui il s'agit ? Nous la connaissons sans doute ?

– Ben non.

– Ah.

Un ah empreint d'une sourde inquiétude. Qu'avait donc déniché ce petit imbécile ?

– C'est la fille d'un de mes clients de Massiac.

– Oh ! Un de tes clients ?

– Oui, un éleveur.

– Mon Dieu !

Voilà une nouvelle qui passait très mal. Un éleveur ! S'il s'agissait de chevaux de course passe encore, mais non, le bonhomme s'occupait de vaches ! Quelle horreur ! Ce jeune crétin s'apprêtait à en faire une belle !

– Rassurez-vous, il tient une ferme superbe, il possède un sacré troupeau, ce n'est certes pas un miséreux ! Cinquante à quatre-vingts hectares de pâturages, ce n'est pas rien.

– Nous voulons bien te croire, seulement te rends-tu compte que cette demoiselle n'est absolument pas de notre monde ?

– Heu...

– Son total manque d'éducation va te faire souffrir dès que tu auras repris tes esprits.

Pour les parents d'André Vernet, tous ceux n'appartenant pas à leur milieu n'étaient que des pignoufs !

– ...

– Tu nous vois, mon pauvre garçon, la recevoir chez nous et la présenter à nos amis ? Nous serions horriblement gênés.

– Mais non.

– Elle a bien su embobeliner le grand naïf que tu es. En fait, tu peux nous croire, elle en veut, peut-être pas à ton argent puisque tu prétends qu'elle en a, mais à ta belle situation et surtout à ta position sociale.

En l'occurrence, ces braves gens n'avaient pas vraiment tort, seulement comment faire entendre raison à quelqu'un aveuglé par une folle passion. Quoi que l'on dise, il est absolument impossible de lui dessiller les yeux.

– Ce n'est pas vrai, elle m'aime réellement.

– Tu te l'imagines, grand benêt, et elle te l'a fait croire.

– Vous n'en savez rien.

– Nous en sommes persuadés. Mon pauvre enfant, elle t'a tourné la tête grâce à sa beauté qui ne durera guère, quelques années au maximum. Ensuite, il te faudra supporter pendant ta vie entière une épouse vulgaire et mal éduquée, dont le comportement te choquera tous les jours. Tu peux nous croire, tu ne tarderas pas à regretter amèrement ce mariage inconsidéré. Tu t'en mordras les doigts, hélas, il sera trop tard.

Chez ces bourgeois catholiques, attachés aux vieilles traditions, le divorce était encore absolument inenvisageable dans les années 1960, car interdit par l'Église. La révolution de 1968 allait se charger de les rendre, peu à peu, beaucoup moins rigoristes.

La discussion aurait pu durer indéfiniment, âpre et serrée, chacun défendant ses positions, pied à pied. André y mit fin en concluant :

– Vous parlez, vous parlez, mais vous ne la connaissez pas encore. Attendez donc de l'avoir rencontrée pour la juger.

– Soit, présente-la-nous, mon garçon.

Quoi qu'ayant remarquablement bien assimilé les enseignements d'André, Solange ne se montrait pas tellement rassurée en franchissant la porte d'entrée de la villa de ses futurs beaux-parents. Elle pénétrait dans la fosse aux lions !

Elle avait été conviée à déjeuner. Un piège redoutable. Rien de tel qu'un repas pour observer comment sait se tenir une jeune personne. Heureusement, elle se trouvait prête à déjouer victorieusement les traquenards qui allaient lui être tendus, prête à éviter toutes les catastrophes. L'examen avait été préparé avec un véritable machiavélisme par une dame complètement dépourvue d'indulgence. Les difficultés succédèrent aux difficultés. Les surmonter ne fut pas facile. Toutefois, Solange, affichant un savoir-faire vraiment génial, y parvint avec aisance.

En prenant place à table, elle mit sa serviette sur ses genoux, sans la déplier entièrement et surtout en ne l'attachant pas à son cou comme l'aurait fait un malotru. Puis, très naturellement, elle accepta d'être servie la première, avant même la maîtresse de maison, puisqu'elle était l'invitée ; toutefois en manifestant une charmante confusion. Elle rompit son pain en morceaux, en utilisant ses deux mains. Elle but à petites gorgées et non pas goulûment tel un chameau assoiffé qui vient de traverser un désert brûlant. Elle s'essuya délicatement la bouche avant et après avoir posé ses lèvres sur son verre. Elle mangea sans faire le moindre bruit, évitant le vacarme de cataracte souvent entendu autour de paysans occupés à engloutir leur soupe.

Dès l'entrée, elle se trouva confrontée à un problème excessivement difficile à résoudre ; comment doit se conduire une personne d'excellente éducation devant des asperges ? Elle n'en savait rien, André avait omis de le lui expliquer, le sinistre imbécile, et, à Molèdes, elle n'en avait jamais vues figurer au menu. Indécise, elle observa le comportement des convives. Elle en avait le temps, en effet vous ne devez jamais vous précipiter sur la nourriture et commencer à manger avant votre hôtesse. Celle-ci utilisa une fourchette et trancha le bout vert, se résignant à délaisser la queue. Par conséquent elle adopta cette façon de faire bien que monsieur Vernet, sans façons, les saisissait avec sa main. Elle estima que ce qui, à la rigueur, peut être autorisé à un homme, ne saurait en aucun cas être toléré chez une dame.

Une volaille succéda, une succulente pintade. Très gourmande et dotée d'un solide appétit, elle aurait voulu n'en rien perdre, néanmoins, refrénant avec un courage digne d'éloges ce désir légitime, elle se garda de sucer son os, de s'escrimer dessus et surtout, comble de l'horreur, de le tenir avec ses doigts.

Des petits pois succédèrent à ce plat de viande. Épreuve ardue dont le premier venu ne peut pas sortir vainqueur. Ces sacrés légumes roulent. Ils ne demandent qu'à sauter sur la table et à tomber par terre, vous couvrant de honte. Comme, par ailleurs, se pencher comme une vache sur sa mangeoire manque totalement d'élégance, il faut, exercice on ne peut plus périlleux, monter jusqu'à sa bouche ces satanées billes. Ce n'est pas évident, je vous prie de le croire. Aussi, sagement, et malgré l'envie qu'elle en avait, se servit-elle modérément afin que les efforts épuisants qu'elle dut fournir ne durent pas trop longtemps ; un cent mètres est nettement moins fatigant qu'un marathon. Un jus, onctueux et fort appétissant, restait au fond de son assiette ; elle l'y laissa la mort dans l'âme. Elle n'allait quand même pas commettre la bévue impardonnable de le saucer en tenant un morceau de pain dans sa main, comme aurait procédé le père Boudon.

Enfin, après le fromage qui ne lui causa aucun problème, elle termina le repas en épluchant, la tenant au bout de sa fourchette, une pêche, particulièrement juteuse, qui, la diablesse, ne demandait qu'à lui échapper. Réussir cet exploit nécessite une adresse exceptionnelle, car ce n'est vraiment pas facile.

Solange parvint ainsi, sans se démonter, à terminer ces agapes, en n'ayant commis aucune erreur, sous les yeux vigilants d'un juge, madame Vernet, rien moins que bienveillante. Revers de la médaille, lorsque tout ce beau monde se leva de table, elle crevait de faim ! Seulement elle avait démontré qu'elle possédait une âme bien trempée. La volonté ne lui manquait pas ; l'intelligence non plus. Assis en face d'elle, André béait d'admiration ; son élève avait admirablement bien profité de ses leçons.

Le reste fut une simple formalité. Passée au salon, elle s'y conduisit à la perfection. Elle aida judicieusement sa future belle-mère, en remplissant chaque tasse de café qu'aux trois-quarts, puis en la présentant de la main droite, le sucre et la pince de la main gauche. Elle servit en premier monsieur Vernet, en arborant un séduisant sourire, angélique et un peu timide.

Ce fut un parcours sans faute !

Son futur beau-père finit d'être complètement séduit par la déférence avec laquelle elle l'écouta pérorer sur l'importance de l'étude des langues mortes, étude dont pourtant elle se fichait totalement. Elle réussit même l'exploit de lui poser quelques questions qui n'étaient pas absolument stupides, ce qui, compte tenu de l'aridité du sujet et de sa complète méconnaissance de celui-ci dénotait chez elle une vivacité d'esprit vraiment peu ordinaire.

« Finalement, pensa ce brave homme, ce gamin d'André n'a pas fait un mauvais choix. Cette petite est vraiment charmante et puis elle n'est pas bête. »

À son tour madame Vernet, pourtant autrement plus coriace, rendit les armes, avant même la fin de l'après-midi.

« Je n'en reviens pas de voir cette Solange, qui a passé jusqu'à aujourd'hui son existence dans le fumier, au contact de paysans grossiers, au fin fond des montagnes du Cantal, et qui n'a pour unique diplôme que le certificat d'études, se conduire d'une manière aussi distinguée qu'une demoiselle de notre milieu, élevée à Saint-Alyre. En outre, enfant unique d'éleveurs fortunés, elle héritera d'un bon paquet au décès de ses parents. En somme, ce mariage n'est pas aussi déraisonnable que je l'avais craint tout d'abord. »

Cette fille de banquier gardait les pieds sur terre.

Une dure épreuve attendait encore monsieur et madame Vernet. Certes, ils n'entendaient, dorénavant, pas fréquenter assidûment les Boudon, toutefois il leur fallait rencontrer ceux-ci au moins une fois avant l'union de Solange et d'André, ne serait-ce que pour mettre au point l'organisation de la noce. Il aurait été absolument miraculeux que ces paysans se conduisent avec l'extrême distinction manifestée par leur fille. On ne pouvait donc pas y compter. Aussi, plutôt que de les inviter à déjeuner ou dîner dans la belle villa de Royat, où ils se seraient sûrement trouvés plus mal à l'aise qu'un cul-de-jatte sur une piste d'athlétisme, était-il préférable d'aller leur rendre visite à Molèdes. D'ailleurs, esclaves de la traite biquotidienne, ces producteurs de lait répugnaient à se déplacer ; eux n'étaient pas d'heureux retraités jouissant de revenus coquets et n'ayant pas à travailler durement pour gagner leur croûte.

L'entrevue entre ces personnes, très différentes les unes des autres, se passa on ne peut mieux. Tous se montrèrent agréablement surpris.

Autour de la résidence secondaire des Vernet, dans les monts du Livradois, non loin d'Ambert, les exploitations agricoles étaient alors, pour la plupart, de taille modeste, tenues par des gens âgés que le train du progrès avait laissé sur le quai. Vivant dans des maisons où le seul luxe était l'électricité ainsi qu'un unique robinet dans la cuisine, un peu demeurés, adeptes des vieilles méthodes, chaussés de sabots, accoutrés d'habits d'un autre temps, les hommes toujours le chef couvert d'un feutre crasseux et les femmes portant encore assez souvent la coiffe traditionnelle, ils constituaient un monde vraiment à part. Voir entrer un de leur enfant dans une famille bourgeoise était aussi impensable que d'assister à l'entrée d'un analphabète au sein de l'Académie française.

Seulement, à Molèdes, ce n'était absolumen pas la même chose. La ferme des Boudon, certes moins luxueuse que la villa des Vernet, était néanmoins relativement confortable, avec chauffage central et salle de bains, et, surtout, elle reluisait de propreté. Ses habitants ne se trouvaient pas affublés de loques infâmes et n'exhalaient pas de désagréables odeurs de crasse et de fumier. En fait, se lavant quotidiennement, ils étaient vêtus comme tous ceux que l'on croise en ville et pas un passant ne se serait retourné sur eux, en rigolant, s'il leur avait pris fantaisie de déambuler place de Jaude, à Clermont-Ferrand. Ils s'exprimaient très correctement en français, ne baragouinaient pas un incompréhensible patois. On pouvait visiter leur étable sans en ressortir couvert de bouse et la tête ornée de toiles d'araignées. Quant à l'importance de leur cheptel et à la noria d'engins, certains presque aussi gros qu'une locomotive, ils montraient à l'évidence qu'il y avait des sous dans la maison. Peut-être aussi beaucoup d'emprunts à rembourser ?, mais les Vernet, peu au fait des problèmes agricoles, n'y songèrent pas.

De leur côté, les Boudon jugèrent que ces citadins, quoique manifestement riches et distingués, ne se montraient pas trop fiers, pas imbus de leur personne, paraissant par ailleurs fort intéressés par la visite de leur exploitation. La politesse est une belle chose. Afin de ne pas peiner son interlocuteur, quelqu'un de bien élevé – Dieu sait si les Vernet étaient bien élevés – doit sembler toujours captivé par les propos de ce dernier, même s'ils le rasent au plus haut point.

Tout allait par conséquent pour le mieux, toutefois les parents d'André avaient encore à subir une terrible épreuve. Pour les paysans, une noce n'est pas une mince affaire, pas quelque chose à traiter par dessus la jambe. Il importe absolument de marquer cet évènement par une bombe mémorable, car on ne se marie qu'une fois au cours de sa vie[1]. Par conséquent les Boudon n'entendaient pas se contenter d'un lunch misérable, de quelques petits fours et autres amuse-gueules qui laisseraient les convives sur leur faim. Ils souhaitaient organiser un fabuleux gueuleton dont leurs invités garderaient un souvenir impérissable. Ceux-ci seraient nombreux, le ban et l'arrière-ban de leur parentèle, sans compter une bonne vingtaine d'amis et de voisins. Il fallait montrer que l'on savait vivre et qu'on avait de quoi.

Aussi, tout au long d'une après-midi, suivie d'une interminable soirée, l'infortunée madame Vernet dut rester assise entre le père Boudon et un vieil oncle qui n'ouvrait la bouche que pour boire et manger, sans doute n'était-il pas un intellectuel de haut niveau, et entourée de gens occupés à bâfrer à s'en faire péter la peau du ventre et de plus en plus gais au fur et à mesure que les verres se vidaient ; dans une grange dont des draps de lit, piqués de fleurs en papier,

1 À l'époque, les divorces étaient infiniment plus rares à la campagne qu'en ville, non pas à cause de raisons idéologiques, mais parce que le partage de terres, de bâtiments et d'un troupeau est autrement plus ardu que celui de quatre meubles et de quelques vêtements. Par conséquent on y regardait à deux fois avant de se lancer dans cette entreprise où chacun y perdait pas mal de plumes. Tant pis, l'amour une fois parti et souvent remplacé par la haine, on se supportait, l'un en buvant des canons supplémentaires, l'autre en déblatérant, avec ses voisines, contre les hommes, tous des cochons, afin de tenter d'oublier que l'existence n'est pas toujours un tapis de roses.

cachaient le foin et la nudité des murs. Entre chaque plat, on s'arrêtait un moment d'engloutir de la nourriture pour faire un tour de danse, ou pour pousser la chansonnette, histoire de digérer un peu.

– Un tour de valse, Madame ?

Affreusement gênée, elle dut se dandiner en cadence, au bras d'un paysan très fier de se trouver en pareille compagnie. En revanche, bien que dotée d'une jolie voix, elle refusa formellement de chanter.

Le sort de son mari était pire encore, car, non seulement il ne savait pas danser, mais, en plus, il éprouvait une profonde horreur à l'encontre de la musique ; hormis celle de Mozart et de Beethoven qui, hélas, ne figurait pas au programme de cette sympathique manifestation. En outre, souffrant de l'estomac, cet universitaire éthéré ne buvait que de l'eau et ne pouvait supporter que quelques aliments légers, tels légumes cuits à la vapeur et biscottes. Quel épouvantable supplice de voir son assiette et son verre sans cesse copieusement remplis par une voisine attentive, l'excellente mère Boudon !

– Mais vous ne mangez rien ! Faut pas vous gêner !

– Heu...

Il n'est pas facile d'avouer ses faiblesses, surtout quand on est très vaniteux et encore plus timide ; tel père tel fils. Il n'est vraiment pas glorieux d'expliquer que l'on possède un appareil digestif en capilotade.

– Allez, reprenez-en donc, c'est du bon, du naturel ; croyez-moi, y a pas dedans de produits chimiques !

Et vlan le malheureux se trouvait nanti d'une énorme tranche de viande. Hélas, pas un chien à l'horizon pour la lui refiler en toute discrétion. Il fut contraint de l'avaler. Ensuite, frémissant d'épouvante à la pensée de ce qui s'ensuivrait inéluctablement, il fut forcé d'ingurgiter des légumes nageant dans une sauce, grasse et onctueuse, puis un gros morceau de fromage.

– C'est du Cantal de notre production.

– Il est délicieux.

Notre homme était au bord de l'indigestion, il n'en pouvait plus ; cependant il restait d'une politesse raffinée.

– Tant mieux si vous l'appréciez, voilà qui me fait plaisir, allez revenez-y !

Et, pan, une autre ration !

Le calvaire se poursuivit avec une formidable portion de vacherin, un truc redoutable, à base de crème fouettée et de meringues, spécialement confectionné pour envoyer dans l'autre monde les petites natures, après leur avoir fait endurer d'effroyables douleurs intestinales.

– Et goûtez donc à ce petit vin, vous m'en direz des nouvelles.

– Oh, moi, vous savez, l'alcool...

Il n'en buvait pratiquement jamais, l'avait en horreur et, surtout, le supportait très mal. Il s'était rendu compte avec ennui que, sur la table, les carafes d'eau brillaient par leur absence et n'avait pas osé en réclamer.

– Vous ferez bien une exception pour aujourd'hui.

– Heu...

– Une goutte alors, juste une petite goutte.

Une petite goutte, tu parles ! Le verre du pitoyable professeur se retrouva plein à ras bord et il dut tout absorber sous l'œil vigilant de sa charmante et dévouée voisine qui se dépêcha de le remplir à nouveau. Elle ne se serait pas pardonnée de le voir partir, la fête terminée, en ayant encore faim et soif. Eh oui, si boire sans soif n'est pas trop recommandé, avoir soif et ne pas pouvoir boire est pire encore !

Les Boudon savaient recevoir !

Ce supplice, à côté duquel ceux conçus par l'Inquisition avaient été de douces plaisanteries, dura de longues, très longues heures. Abruti par le bruit, assommé par l'alcool, son estomac révolté par cet excès inhabituel de nourritures, plus lourdes et indigestes les unes que les autres, le pauvre homme, résigné, ne tentait même plus de résister. Bien que sa chaise et la table soient solidement installées sur le sol, il les sentait animées d'un pénible mouvement de roulis, elles montaient, descendaient, oscillaient à droite, puis à gauche. Alors que la température ambiante était agréable – il ne faisait ni trop chaud ni trop froid –, il avait l'impression d'être plongé dans une fournaise. La tête lui tournait. Il avait le cœur au bord des lèvres. Eh oui, ce digne professeur était complètement soûl !

Dans cet état lamentable, il aurait donné cher pour ne pas être là, mais plutôt dans son bureau, confortablement installé dans un fauteuil, une tasse de thé à portée de la main. Très inquiet, il craignait le pire : n'allait-il pas, à sa grande honte, rejeter ce qu'il n'aurait jamais dû absorber ?

Surprise, toutefois pas complètement idiote, la brave mère Boudon comprit enfin dans quel état déplorable se trouvait son hôte. Elle cessa de le gaver et poussa même l'obligeance jusqu'à lui proposer une tisane :

– Une bonne camomille vous fera passer tout ça comme une lettre à la poste. Je vais vous la préparer.

– Non merci, c'est absolument inutile, ne vous donnez pas cette peine pour moi ; toutefois je crois que je ne vais pas reprendre une part de cet excellent gâteau.

Voilà une sage décision. C'était prudent, sinon une terrible catastrophe ne pouvait que se produire. Cela aurait été la goutte faisant déborder le vase ; déborder, un mot vraiment approprié en l'occurrence.

Il se trouvait si mal en point qu'il ne s'aperçut même pas du départ des jeunes mariés. Sur le coup de onze heures du soir, alors que la fête battait encore son plein et que la plupart des convives envisageaient de la continuer gaillardement jusqu'au petit matin – les paysans cantaliens ont du coffre et un estomac autrement plus solide que ces foutriquets de citadins –, sa femme, qui avait mieux supporté ces dures épreuves, mais en avait sa claque et ne rêvait que d'un bon lit, vint le chercher, le délivrer plutôt. Déployant une exquise urbanité, elle remercia chaleureusement leurs hôtes de leur accueil. Elle les assura qu'elle avait passé une merveilleuse journée, ainsi que son mari. Ce dernier, qui éprouvait beaucoup de difficultés à se tenir debout et voyait tout trouble, se contenta de bégayer quelques mots incompréhensibles : bé... bé... On s'en contenta.

Ils regagnèrent péniblement leur voiture et Madame, quoi que n'aimant pas trop conduire, surtout la nuit, décida de prendre le volant. Elle fit bien, car sans cette heureuse initiative le retour chez eux de ces braves gens se serait inéluctablement terminé au fond d'un fossé ; ce qui aurait pu être dramatique tant les routes, dans les monts du Cézallier, sont étroites, dangereuses, riches en tournants et tant les ravins qui les bordent sont profonds.

Ils eurent beaucoup de mal à se remettre de ces agapes paysannes. Madame souffrit d'une migraine tenace qui la tint alitée pendant deux jours. Cependant ce ne fut rien à côté du calvaire enduré par Monsieur. Victime d'une épouvantable crise de foie, rien ne lui fut épargné : nausées, vomissements, effroyables douleurs d'entrailles, diarrhée... Il crut sa dernière heure arrivée. Il se rendait péniblement de sa chambre aux toilettes où il devait passer de longs moments, son pyjama descendu sur ses talons, méditant sur la dureté de la vie en société. Il avait l'impression que plus jamais il ne pourrait avaler une nourriture quelconque. Tout lui faisait horreur. Peut-être, dans quelques mois, deux à trois biscottes, arrosées d'un verre d'eau de Saint-Yorre ? Et même cela n'était pas encore sûr !

Avec son épouse, il jura solennellement de, dorénavant, ne plus accepter, même pour un empire, une invitation à déjeuner ou à dîner chez des paysans. Ah ils s'en souviendraient du mariage de leur petit André !

Chapitre IV

LES PREMIERS jours de sa vie à Massiac n'enthousiasmèrent pas énormément Solange. Elle avait épousé André Vernet, sans vraiment l'aimer, dans le but de grimper dans l'échelle sociale et de mener une existence autrement plus agréable que celle d'une paysanne perdue au fin fond des monts du Cézallier. Mais, comme son époux venait de s'associer avec ses deux patrons, il lui avait fallu donner à ceux-ci une importante somme d'argent – une part d'une bonne clientèle n'est pas gratuite. Par conséquent il devait, pour le moment, continuer à vivre dans une modeste maisonnette qu'il louait, place du foirail. Certes la construction d'une belle villa, au centre d'un vaste jardin, était prévue, toutefois la réalisation de ce projet n'était pas encore à l'ordre du jour. Il faudrait attendre deux à trois ans et peut-être plus.

Dorénavant, n'ayant plus grand-chose à faire, la pauvre jeune femme aurait pu se distraire en partant se promener au volant d'une voiture. Malheureusement, alors que, lorsqu'elle était à Molèdes, elle avait toute latitude d'emprunter celle de ses parents – des gens généreux et pas des maniaques de la carrosserie tellement attachés à leur tas de ferraille qu'ils ne permettent à personne d'y toucher – aussi souvent qu'elle le désirait, maintenant son mari ne pouvait absolument pas lui prêter la sienne, car il l'utilisait quotidiennement pour son boulot. Évidemment l'achat d'un autre véhicule était envisagé, seulement pour plus tard.

Dans sa ferme natale, travaillant sans cesse, elle ne voyait pas le temps s'écouler. Aujourd'hui, le ménage et la cuisine ne l'occupant guère, elle s'ennuyait terriblement. Intelligente, cependant pas intellectuelle pour un sou, elle n'appréciait pas la lecture. Ce n'était pas ses parents et l'éducation qu'elle avait reçue qui auraient pu lui en donner le goût. Par ailleurs elle possédait trop d'esprit pour aimer la télévision et ses programmes débiles. On ne pouvait que le regretter celle-ci étant un instrument merveilleux destiné à distraire les désœuvrés. La grande majorité de ceux-ci, avachis sur un canapé, éprouvent un plaisir infini à s'abrutir devant leur petit écran ; une drogue magique dont ils ne sauraient se passer. Comment donc pouvaient vivre nos infortunés ancêtres privés de cette admirable panacée ? On se le demande.

Il ne lui restait que les balades dans la petite ville et dans la campagne aux alentours. Ce n'était certes pas ce dont elle avait rêvé.

Faute d'autres distractions, elle prit l'habitude d'accompagner souvent son conjoint dans ses visites, ce qui réjouissait celui-ci. Elle l'aidait, notamment, bien sûr, quand il devait faire une césarienne. Cela leur rappelait de tendres souvenirs. Mais elle n'avait pas quitté les vaches pour en revoir tous les jours. Elle aurait nettement préféré autre chose.

Sans vraiment la décevoir ses nuits ne lui procurèrent pas véritablement le plaisir qu'elle en attendait. Ce maigrichon de vétérinaire ne se montrait pas un mauvais coq. Il ne rechignait jamais à l'ouvrage et ne craignait pas, après un premier galop, de remettre le couvert, une fois, parfois deux, même s'il avait turbiné dur au cours de la journée, faisant ainsi preuve d'une remarquable endurance ; bref un vrai marathonien ! Hélas, piètrement monté, il ne serait jamais parvenu à faire grimper aux rideaux Solange si, homme plein à la fois de savoir-faire et de prévenance, il ne terminait pas toujours ses parties de jambes en l'air par de délicates et subtiles caresses qui faisaient enfin vibrer sa femme. Toutefois ces petits orgasmes artificiels ne valaient pas une sublime et profonde extase mutuelle, transportant en même temps au septième ciel l'un et l'autre des deux partenaires.

Solange devait se contenter de partager son lit avec un type ressemblant à un rescapé d'Auschwitz, alors qu'elle aspirait à se fondre dans les bras d'un mâle grand et costaud, musculeux et poilu. À quelqu'un de gentil, fin, intelligent et distingué, elle aurait préféré une brute épaisse, un vrai macho, même si celui-ci l'avait abondamment rouée de coups !

Le mariage est une longue conversation entre deux personnes qui bavardent inlassablement, échangent des idées, apprenant ainsi à se connaître et à s'apprécier. Malheureusement, elle se complaisait dans les petits potins de la vie quotidienne, les faits divers colportés par *La Montagne* et autres sujets fascinants, d'un profond intérêt ; tandis qu'André, fort bien éduqué par son professeur de père, préférait disserter sur les grands problèmes du monde, se délectant dans les longs débats où chacun défend ses opinions. Aussi le trouvait-elle terriblement ennuyeux. Ce sinistre imbécile discourait sur le Big Bang, sur Einstein, la relativité, sur la théorie de l'Évolution et autres balivernes, tout en n'accordant qu'une oreille distraite aux démêlés de la mère Trucmuche avec le père Machin. Il réservait ces passionnantes histoires à sa clientèle, mais, en fait, il s'en fichait royalement. En outre il ignorait que Charles Aznavour venait de sortir un nouveau disque et que Johnny Hallyday envisageait de divorcer. Un anormal, ce bonhomme !

Elle aimait sortir et danser. Hier, tous les samedis soir on l'apercevait dans un bal, ici ou là. Elle avait réussi à y entraîner André. Seulement celui-ci n'y était allé qu'uniquement dans le but de la conquérir. La chose faite, maintenant, il ne voyait plus l'utilité de se dandiner au son d'une musique assourdissante qu'il ne goûtait guère. Il préférait tenir son épouse entre ses bras dans l'intimité de leur logis plutôt qu'au milieu d'une foule. Mais, comme il l'aimait toujours passionnément, il consentait à l'accompagner, lorsqu'il n'était pas de garde. Une poire pour la soif pour cette infortunée qui se mourrait d'ennui.

Hélas, lors de ces petites escapades il manifestait peu d'enthousiasme. Constamment fatigué, il passait plus de temps à somnoler, assis sur une chaise au bord de la piste, que sur celle-ci ; demandant sans cesse de partir. Dans ces conditions, ce n'était pas une véritable partie de plaisir. Par son évidente mauvaise volonté, ce triste sire gâchait complètement la soirée.

En somme, ce jeune vétérinaire qui préférait travailler plutôt que s'amuser, qui se levait à l'aube et se plaisait à se coucher tôt, qui n'avait strictement aucun vice et prenait tout au sérieux, était un mari carrément insupportable. Il manquait par trop de fantaisie. Vivre en compagnie d'un saint est empoisonnant, les bambocheurs se montrent infiniment plus rigolos.

Quelques années passèrent.

Au début de leur existence commune, Solange, en dépit de leurs divergences sur la façon de vivre, estimait que son époux était en fin de compte pas vraiment désagréable. Il l'aimait avec passion, n'était pas péniblement jaloux, ne buvait pas, ne fumait pas et surtout gagnait très confortablement leur croûte à tous deux. Bref, un homme presque parfait. Seulement elle le trouvait tellement assommant que, peu à peu, elle finit par ne plus pouvoir le supporter. L'affection qu'elle avait pour lui se transforma insidieusement en profonde aversion. Toutefois, en femme intelligente et rusée, elle parvint à lui cacher ce sentiment, car elle n'envisageait absolument pas de divorcer avec ce type pourvu d'une profession aussi lucrative.

Il n'aurait pas fallu qu'il la renvoie à Molèdes, ceci d'autant plus que, au fil du temps, leur situation financière s'était beaucoup améliorée. Ils avaient pu quitter leur minable habitation de la place du foirail pour une somptueuse villa qu'ils avaient fait construire, dans les hauts de Massiac, au bord de la route menant à Brousse, au milieu d'un vaste jardin de près d'un demi-hectare. De là, ils jouissaient d'une vue superbe sur les montagnes environnantes.

– Ce n'est pas très malin de votre part, leur affirmaient certaines personnes qui se flattaient d'être au courant de tout.

– Pourquoi donc ?

– Ne savez-vous pas que vous aurez la future autoroute[1] juste sous vos fenêtres. Bonjour pour le calme et le silence de la campagne !

– Bof, ce n'est absolument pas sûr. En fait, elle passera sans doute plus haut ; dans ces conditions nous n'entendrons quasiment rien.

– Vous êtes optimistes.

– Et vous d'un pessimisme ridicule.

André avait aussi offert une voiture, un véhicule haut de gamme, à sa femme chérie ; chérie, car il l'aimait toujours aussi passionnément. Son amour avait résisté à l'habitude, à la cohabitation quotidienne, à leurs divergences de goûts et à leurs quelques disputes. Elle pouvait donc, maintenant, sortir aussi souvent que le cœur lui en disait, c'est-à-dire très souvent. Elle ne s'en privait pas. Par chance son mari

1 L'A75, cette merveilleuse autoroute, gratuite car elle a été construite pour les Auvergnats, la plus belle de France, qui permet d'aller de Clermont-Ferrand dans le Midi, en parcourant de superbes paysages.

ne se montrait pas jaloux, étant de ces gens un peu naïfs qui ne voient le mal nulle part.

– Vous ne craignez pas qu'elle vous trompe, lui faisaient observer les bonnes âmes du coin, quand elle s'en va en ville vadrouiller toute la journée ?

– Non, je lui fais entière confiance, elle m'aime – il se faisait de sacrées illusions – et puis elle est si jolie quand elle revient !

Pas vraiment douée pour la reproduction, elle avait accumulé fausse couche sur fausse couche. Finalement, elle et son époux s'étaient résignés à ne pas avoir d'enfants.

– Je ne vois pas pourquoi, déclarait André, manifestant une profonde sagesse, je contribuerais à augmenter la surpopulation qui menace la vie sur notre planète. Je ne suis pas un lapiniste stupide et je ne m'estime pas génial au point qu'il me faille absolument transmettre mes chromosomes aux générations futures. En outre mon métier m'occupe suffisamment. Où trouverai-je le temps de me consacrer à l'éducation d'un ou de deux gosses ?

Quant à Solange, plus femme d'extérieur que d'intérieur, un bébé n'aurait pas été pour elle un merveilleux cadeau du Ciel, mais un très ennuyeux fil à la patte l'empêchant de sortir et de se distraire.

Ainsi, consciente que tout n'est pas rose en ce bas monde, elle avait philosophiquement accepté son sort d'épouse d'un homme qu'elle n'aimait pas, qu'elle commençait même à exécrer de plus en plus, mais qui lui procurait une existence en somme fort agréable : peu de travail, pas mal d'argent et la possibilité de se promener où elle voulait, d'acheter ce qui lui plaisait et ce sans avoir à trop regarder à la dépense. Elle pensait qu'elle et lui s'achemineraient ainsi vers la vieillesse et, respectant honnêtement son contrat, elle n'avait jusqu'alors pas trompé son mari.

Avisée, elle avait tout prévu. Certes André gagnait largement sa vie, toutefois, s'il venait à mourir prématurément – avec les longues cornes pointues des vaches Salers et les petites routes sinueuses du Cantal on pouvait légitimement craindre le pire –, elle risquait de se retrouver, peut-être pas dans la misère, mais dans la gêne ; enfin tant qu'elle n'aurait pas hérité de ses chers parents. Or ces braves gens n'avaient pas mis la mort à leur programme immédiat. Aussi avait-elle réussi à convaincre son époux de souscrire une assurance-vie d'un million de francs – eh oui pas des clopinettes – à son bénéfice. Sage précaution qui lui permettait d'envisager l'avenir avec une belle sérénité. Cette séduisante sirène ne serait pas une veuve inconsolable !

Et puis un beau jour elle rencontra le Paul Levet.

Un sacré gaillard, ce Paul ! Âgé de quelque trente ans, de belle stature, large d'épaules et mince de taille, il arborait une grosse tête surmontée d'une épaisse chevelure brune, un nez fort, des yeux noirs sous des arcades sourcilières proéminentes, ainsi qu'un bon paquet d'os et de muscles. Il affichait un air passablement abruti. Certainement il n'était pas un intellectuel doté d'un puissant cerveau. Cependant il en attirait plus d'une, car, sans aucun doute, il devait grâce à sa vigueur pouvoir satisfaire l'appétit de la dame la plus exigeante. Curieusement cette grande armoire à glace à deux pattes était marié à une petite blondinette au regard innocent et au doux sourire timide, Chantal, guère plus haute que trois pommes, paraissant si menue, si frêle, qu'on osait à peine éternuer en sa présence tant on craignait de la voir s'envoler !

Il lui avait fait rapidement deux gamins et depuis, maintenant qu'elle avait ainsi trouvé de l'occupation, il la délaissait, la trompant avec assiduité. Quand il ne courait pas après les dames, il travaillait à la Cymaro, une importante entreprise de travaux publics du coin.

Solange fit sa connaissance, à Massiac, un 14 juillet, le soir, au bal organisé par la municipalité à l'occasion de la fête nationale. Elle avait réussi l'exploit d'y traîner son mari ; celui-ci, pas de garde ce jour-là, pouvait disposer de sa nuit. Seulement, toujours absolument allergique à la danse et à la musique, refusant obstinément de s'amuser comme les autres, il se tenait assis sur une chaise, bâillant à s'en décrocher la mâchoire, s'ennuyant au point qu'il finit par s'endormir malgré le bruit et les coups de coude de son épouse furieuse de ce comportement.

« Je suis vraiment bien montée avec cet emplâtre, ruminait-elle, je ne vais quand même pas danser toute seule ! »

Paul se tenait pas très loin. Sa femme était restée dans leur maison du Montel – un quartier du haut de la ville. Toute dolente, elle avait refusé de sortir ; ainsi qu'elle le faisait pratiquement toujours à la grande satisfaction de son conjoint qui, depuis longtemps, ne lui trouvait pas d'autre utilité que de préparer la soupe, de s'occuper du ménage et de laver les chaussettes sales. Il draguait, cherchant une proie. Apercevant

Solange qui paraissait chercher une âme secourable, il s'avança. Il l'avait vue souvent et rêvait d'ajouter ce superbe morceau à son tableau de chasse ; toutefois sans se faire beaucoup d'illusions, ils ne gravitaient pas dans le même monde et ne s'étaient jamais adressé la parole. Mais la fortune souriant aux audacieux, il s'avança. Il n'était pas l'homme des longs discours, néanmoins il parvint à proférer quelques mots :

– Une danse, Madame, si votre mari le permet ?

– Avec plaisir, regardez, ce monstre roupille !

– Dans ces conditions, allons-y.

Solange, enlacée par les bras musculeux de ce mâle superbe, se sentit tout de suite éblouie. Certes le bougre ne sentait pas le sable chaud, mais plutôt la vinasse et le tabac, seulement quelle force il dégageait ! Quelle puissance ! Vraiment rien à voir avec ce pauvre foutriquet d'André. Étroitement serrée contre lui, elle se rendit compte qu'il la désirait ardemment. Eh oui, cet objet dur qui frémissait contre son ventre n'était assurément pas son couteau ! Follement excitée, elle aussi, ses cuisses vibrant comme parcourues d'ondes électriques, elle se colla contre lui, s'accrocha fougueusement à sa nuque.

Ils n'échangèrent pas un mot, pourtant ils s'étaient compris. Paul avait trouvé le plat du jour et Solange l'homme, le vrai, celui qu'elle attendait depuis toujours. Cependant, malgré l'envie qui les tenaillait l'un et l'autre, ils ne pouvaient quand même pas faire l'amour au milieu de la foule. Certaines activités demandent un minimum de discrétion. Aussi, insensiblement, s'éloignèrent-ils de la piste de danse et gagnèrent l'ombre propice d'une petite rue, silencieuse et déserte. Là, Paul, un paroissien du genre silencieux, dont l'éloquence et le langage fleuri n'étaient pas la spécialité, mais qui, en revanche, agissait hardiment, sans vaines hésitations, la prit à la hussarde, debout, contre un mur, sauvagement. Ce n'était pas un raffiné. Véritable macho, il s'y prenait comme une brute, sans aucune délicatesse, ne s'occupant pas de sa partenaire. Toutefois la nature bienveillante avait doté cet heureux veinard d'un outil si remarquable que celle-ci montait au septième ciel en un rien de temps sans qu'il soit besoin de recourir à de subtiles caresses. Sa technique, témoignant d'un tempérament généreux à défaut d'une imagination fertile, se révélait d'une efficacité absolument remarquable.

Pour Solange ce fut une révélation. Elle avait enfin découvert l'amour.

– Encore ! Encore !

Pourvu d'une constitution vigoureuse, Paul ne se fit pas prier. Il semblait posséder des réserves inépuisables.

Par chance, grâce au feu d'artifice qui débuta juste à ce moment, les bruyants transports de cette rencontre volcanique, accomplie presque en public, passèrent inaperçus des bonnes gens de l'endroit. Quelle honte pour Solange si elle avait été surprise, elle une dame respectable de la ville, les fesses en l'air, occupée à se faire mignonner l'as de trèfle par un rustre, par un tâcheron de dernière zone, en pleine rue, au mépris de toute décence. Il y aurait eu vraiment de quoi mourir de confusion.

Enfin rassasiés, les sens maintenant apaisés, ils reprirent leurs esprits, remirent de l'ordre dans leur tenue quelque peu froissée et regagnèrent tranquillement la piste de danse. Leur courte absence n'avait été remarquée par personne. André avait continué à ronfler paisiblement, affalé sur sa chaise. Quelqu'un, en le bousculant par mégarde, le réveilla brusquement. Il fut très surpris de ne pas se retrouver dans son lit.

« Ah, c'est vrai, Solange m'a traîné à ce satané bal, mais où donc est-elle passée ? »

Il la chercha du regard et finit par l'apercevoir au milieu de la foule.

« Qui est le gorille avec lequel elle danse ? Elle aurait pu choisir un peu mieux, un type plus civilisé ! »

Eh non, pauvre innocent, c'était au contraire l'homme qui lui fallait, celui qu'elle attendait depuis longtemps, celui qui lui avait fourni ce que tu n'avais jamais été capable de lui donner !

Un peu calmée, Solange entreprit de faire connaissance avec Paul. Elle se présenta :

– Solange Vernet, la femme d'un des vétérinaires de Massiac.

– Ah…

C'est tout ce que fut capable de répondre ce rustre.

– Et vous ?

– Paul Levet.

– Vous êtes de par ici ?

– Ouais.

– Vous habitez Massiac ?

– Au Montel.

– Vous faites quoi dans la vie ?

– J'bosse à la Cymaro.

– Marié ?

– Ouais.

Il fallait vraiment lui arracher les mots de la bouche, s'il se montrait un véritable champion du radada, en revanche l'éloquence n'était pas son fort.

– Votre épouse n'est pas venue danser ?

– Elle sort jamais.

– Pourquoi ?

– Elle est toujours mal foutue.

– La pauvre !

– Une petite nature.

Voilà qui était une excellente nouvelle pour Solange qui n'aurait pas ainsi en cette malheureuse une rivale dangereuse. Quant à ce zèbre, manifestement il était d'une autre trempe. On le sentait encore plein d'ardeur, son merveilleux outil avait déjà repris de la vigueur. Il aurait volontiers remis le couvert.

– Il faudra qu'on se revoie.

Lorsque on a découvert le Saint-Graal il est hors de question de le laisser s'échapper !

– Si vous voulez.

Il ne manifestait pas le même enthousiasme, car, si, pour elle il était l'homme de sa vie, pour lui, elle n'était qu'une simple passade, une parmi beaucoup d'autres. Butinant de fleur en fleur, jusqu'à présent, il ne s'était jamais attardé très longtemps sur l'une d'elles.

– C'est que vous savez drôlement bien y faire !

– Bof...

– C'n'est pas comme mon mari !

– Ah bon.

– Ce saligaud est aussi viril qu'un eunuque après une cure de bromure !

Là, elle poussait le bouchon un peu loin. C'était même pure calomnie. Si le pauvre André n'était pas une terrible épée au lit, néanmoins il accomplissait régulièrement et vaillamment son devoir conjugal ; ensuite, il s'occupait de sa partenaire avec prévenance ; refusant de la laisser sur sa faim. Seulement, comme cette ravissante garce venait de le tromper, elle l'accusait de tous les défauts pour se donner bonne conscience, de ceux qu'il avait et, aussi, de beaucoup d'autres. Quand on veut noyer son chien, on prétend que la malheureuse bête est atteinte de la rage.

Prenant les choses en main, Solange donna rendez-vous à Paul pour le lendemain ; attendre plus d'un jour sa dose d'extase était absolument au-dessus de ses forces.

– Je vous attendrai sur la route de Lubilhac, à environ trois kilomètres de Brousse, dans un endroit désert et boisé.

Évidemment pas sur la place du village !

– Ouais.

– Dix-neuf heures, ça vous convient ?

– Oui, on débauche à dix-huit heures.

– Donc d'accord. Vous ne pourrez pas me manquer, j'ai une 404 bleue.

– Bon.

– Vous connaissez l'endroit ?

– Oui.

Pensez s'il le connaissait ! Ce bougre, natif du village de Lachaux, de la commune de Lubilhac, y avait perdu son pucelage, à l'âge de quinze ans, grâce au dévouement de la mère Boisson, une superbe brune, quadragénaire, dotée de tétons avantageux et de fesses généreuses qui attiraient irrésistiblement l'œil des connaisseurs. Cette excellente femme s'y entendait mieux que personne pour faire perdre leurs boutons aux jouvenceaux du coin ; surtout à ceux qu'elle devinait être supérieurement montés. Quitte à rendre service, autant y trouver son plaisir.

Chapitre V

Les deux amants prirent leurs habitudes. Ils se rencontraient toujours en fin de journée, quand la Cymaro libérait ses ouvriers, tantôt ici, tantôt là, changeant fréquemment par mesure de précaution l'endroit de leurs rendez-vous. Au cours de ceux-ci ils ne parlaient pas beaucoup, en revanche ils faisaient l'amour frénétiquement, soit allongés sur la mousse, dans l'ombre propice d'un bois, soit dans la voiture de Madame, autrement plus confortable que la modeste 2CV de Monsieur. Solange, solidement accrochée, ne pouvait plus se passer des fougueuses étreintes de Paul. Celui-ci avait jusqu'alors changé de partenaires plus souvent qu'à son tour, ne s'attardant jamais très longtemps avec l'une d'elles. Il répugnait à se lancer dans une liaison durable. Sans doute n'avait-il pas reçu le gène de la fidélité ? Il possédait l'âme d'un chasseur, pas celle d'un propriétaire. Cependant il devait reconnaître que c'était bien la première fois qu'il avait rencontré une femme aussi séduisante et, surtout, douée à ce point pour les parties de jambes en l'air.

« Cette épouse de vétérinaire a vraiment le feu au cul ! Bon Dieu, elle démarre au quart de tour. Elle frétille tellement du croupion que je n'ai quasiment rien à faire. La besogne est déjà à moitié faite ! »

En outre, certes pas exceptionnellement intelligent, ni particulièrement intéressé par le pognon, mais néanmoins loin d'être complètement idiot, il réalisa peu à peu que cette aventure avec une dame fortunée pouvait lui valoir quelques petits avantages.

« Son cornard de mari gagne sûrement du fric à n'en savoir que foutre, elle pourrait donc me donner quelques menus cadeaux sans trop se gêner. »

Lui, se son côté, ne jouissait pas de revenus faramineux. Avec sa paye de smicard – son employeur, en vrai Auvergnat ne brillait pas par la générosité –, il devait entretenir ses deux gosses et sa femme. Cette dernière, de santé fragile, constamment légèrement patraque, se contentait de tenir leur ménage ; elle ne possédait pas les forces suffisantes pour pouvoir travailler en plus à l'extérieur. Dans ces conditions, malgré les quelques sous des allocations familiales, le couple ne roulait pas sur l'or. Ils vivaient dans une bicoque misérable, au Montel, à cinq cents mètres environ de la luxueuse villa des Vernet.

« Putain, ricanait en son for intérieur ce goujat de Paul, si je parvenais à gagner de l'oseille grâce à ma queue, ce ne serait pas cochon ! »

Et, ainsi, plus il tromperait la gentille et timide Chantal, plus il pourrait lui procurer quelques petites douceurs !

Aussi, après s'être longuement penché sur ce problème, mine de rien, pendant que tous deux se rajustaient et que Madame redescendait sur terre, lui fit-il part de ses difficultés financières.

– La vie est dure. Des gamins et une femme à entretenir, ça revient cher et mon salaud de patron ne les lâche pas facilement.

Fine mouche, Solange n'eut pas besoin qu'il lui fasse un dessin :

– Si je peux t'aider, ce sera bien volontiers.

– Bof, ce que j'en disais...

Se montrer par trop mendiant lui répugnait, il n'avait pas l'âme vénale d'un gigolo.

– Mais si, mais si, avec tes deux enfants, je comprends.

– Faut pas te croire obligée.

– Oh, tu sais, cela ne me gênera guère, mon mari en gagne tellement !

– Alors...

Elle prit l'habitude de lui glisser quelques billets dans la poche.

Ainsi, ce veinard de Paul, au lieu de devoir dépenser de l'argent, comme l'immense majorité des hommes, pour pouvoir se livrer à de plaisantes galipettes en compagnie d'une dame charmante et accueillante, au contraire en recevait. Incontestablement, en dépit de son air un tantinet abruti, le gaillard savait fort bien mener ses affaires.

La région de Massiac sans être excessivement peuplée n'est cependant pas absolument déserte. Aussi faire l'amour régulièrement au bord d'une route de ce joli pays n'était-il pas sans comporter un certain risque. Un jour ou l'autre, inéluctablement, quelqu'un, un chasseur, un ramasseur de champignons, un promeneur, un paysan rentrant du boulot, bref un type tout à fait inopportun, allait tomber très mal à propos sur nos deux fougueux amants en pleine action. S'il se montrait discret, s'il passait rapidement en tournant pudiquement les yeux de l'autre côté, il n'y aurait que moindre mal. Seulement il n'y fallait pas trop compter. En tout homme sommeille un voyeur et surtout un type avide de raconter une croustillante histoire. Comment résister à l'envie de dire à ses bons copains qu'on a surpris l'épouse de cette pauvre andouille d'André Vernet occupée à se faire sauter dans sa voiture par un gars qui semblait être bougrement costaud et un champion de la chose?

– Je ne l'ai pas reconnu, mais, vous pouvez me croire, il savait y faire ! Vous auriez entendu brailler la Solange, c'était quelque chose !

– Non !

– Eh si, c'est comme je vous le dis !

– Alors notre véto en porte une belle paire.

– Ça c'est sûr !

– Dieu, en v'là une histoire !

D'une part la réputation de bourgeoise bien considérée de Solange aurait été perdue, d'autre part elle aurait été contrainte de fournir quelques explications sur sa conduite à son cher mari. Un véritable désastre. Cela en aurait été définitivement fini de la douce quiétude régnant dans leur ménage. Elle en était très consciente, se rendait compte qu'elle jouait avec le feu, mais comment procéder autrement ?

Certes recevoir Paul chez elle aurait été infiniment plus confortable – rien ne vaut un bon matelas pour se livrer à certaines activités –, en les mettant en plus à l'abri des regards indiscrets. Hélas, ce n'était guère possible, car un vétérinaire n'a pas d'horaires réguliers. Il se trouve tantôt là, tantôt ailleurs et peut rentrer chez lui à n'importe quel moment. Il serait excessivement difficile de lui faire admettre, malgré sa naïveté, que, si sa femme se tenait entièrement nue dans son lit, en compagnie d'un bonhomme aussi peu vêtu, celui-ci était son ostéopathe occupé à lui remettre en place sa cinquième vertèbre lombaire ! La crédulité a des limites.

En outre, nos deux amants ne seraient pas protégés de certains yeux inquisiteurs. En effet, la maison la plus proche de la villa des Vernet était habitée par une vieille chouette, la Mélanie Farraire, n'ayant absolument rien d'autre à faire de sa sainte journée qu'épier, dissimulée derrière ses rideaux, sa voisine qu'elle jalousait férocement. Affligée d'une incurable laideur, n'ayant même pas possédé la beauté du Diable, elle n'avait jamais réussi à faire goûter son petit trésor à un garçon. Pourtant elle l'avait proposé aux types les plus moches, les plus mal foutus. Personne n'en avait voulu. Aujourd'hui, encore vierge bien contre son gré, elle détestait le monde entier. Âgée, sans le sou et souffrant d'une douloureuse maladie de foie, ainsi que d'hémorroïdes qui lui torturaient le fondement, elle haïssait sa voisine, elle en parfaite santé, jeune, belle et fortunée. Quelle aubaine s'il pouvait arriver à cette séduisante femme de vétérinaire quelques catastrophes. Un bon petit cancer, un accident de voiture sanglant, que sais-je encore ? Le bonheur des autres fait mal quand ils ont tout et vous absolument rien. Vous estimez que cela n'est pas juste, aussi quel plaisir si vous pouviez leur nuire. Ce à quoi les hommes aspirent le plus ce n'est ni à la richesse ni à la liberté, mais à l'égalité.

Seulement Solange avait tellement Paul dans la peau qu'elle ne pouvait absolument plus se passer de ses rendez-vous quotidiens avec lui, qui lui étaient devenus aussi vitaux que le pain et l'eau. Par conséquent, en dépit du danger, elle continuait à le rencontrer quasiment tous les soirs, se fiant à sa bonne étoile et à la grande ingénuité d'André.

« Il est si jobard, cet imbécile, il a une telle confiance en moi, que je parviendrai sans doute à le convaincre de mon innocence, même si une bonne âme lui affirmait qu'elle m'avait surprise en train de le cocufier. »

Quant à l'infortunée Chantal, elle n'était pas à craindre. Il était de notoriété publique dans le pays qu'elle s'était résignée depuis longtemps à son sort d'épouse trompée. Complexée par son frêle physique de femme enfant, elle n'avait jamais essayé de lutter. La pauvrette s'occupait du ménage, de la cuisine, lavait le linge et torchait ses deux gosses, sur lesquels elle déversait les torrents d'amour dont son monstre de mari ne voulait pas. Celui-ci poussait l'ignominie jusqu'à ne même plus lui faire la moindre petite gâterie, le soir, dans le lit conjugal.

L'existence n'était vraiment pas drôle pour elle qui se consolait en souhaitant que là-haut cela irait beaucoup mieux. Notre Divin Créateur a muni les malheureux, les damnés de la Terre, de l'espérance : de cette merveilleuse aptitude que nous avons presque tous, plus ou moins, de croire, soit à des lendemains qui chantent, soit à d'éternelles béatitudes après la vie terrestre.

Tant va la cruche à l'eau qu'un beau jour elle finit par se casser.

Un soir, alors qu'en pleine extase Solange ne pouvait s'empêcher de bramer, tel un cerf en plein rut dans une forêt d'automne, ses cris furent entendus par la Marie-Louise Phelut, au bord de la petite route, riche en tournants, qui descend vertigineusement du plateau de Chazeloux jusqu'au fond de la vallée de l'Alagnon.

Septuagénaire, grande, solidement charpentée, Marie-Louise présentait des traits lourds et sans grâce qui ne lui avaient jamais permis de dénicher l'âme sœur. Acceptant ce célibat forcé avec philosophie, elle avait enseigné le français et le latin à l'école Saint-André de Massiac au cours de sa vie professionnelle, reportant sur ses élèves l'amour dont son âme était remplie. Maintenant elle passait une paisible retraite dans sa maison natale de Molompize, où elle vivait seule, ses parents étant morts depuis longtemps déjà et l'ayant laissée fille unique. Sa solitude ne l'avait pas aigrie. Dotée d'un charmant caractère, la tête dans le Ciel et le cœur sur la main, elle aimait tout le monde, les heureux comme les malheureux. Sainte femme, elle s'adonnait aux pèlerinages diocésains et paroissiaux, faisait le catéchisme aux enfants, visitait les malades, tenait la main des mourants... Elle était ainsi la providence du curé de l'endroit ; curé qui ne serait sans aucun doute pas remplacé lorsqu'il partirait, non pas atteint par la limite d'âge, car il était relativement jeune, mais nommé ailleurs. Ce petit bourg dressé au bord de l'Alagnon était beaucoup trop modeste pour voir son presbytère occupé encore longtemps à une époque de disparition progressive des prêtres, à une époque de crise des vocations. Faut-il que ceux qui dirigent l'Église catholique soient bornés pour, dans ces conditions, refuser à nos douces compagnes le droit de dire la messe !

Cette charmante demoiselle avait l'habitude de se promener quotidiennement, à la vesprée ; une bonne marche lui permettant de lutter efficacement contre une fâcheuse tendance à l'embonpoint, due à son seul défaut, la gourmandise. Privée de beaucoup de joies, elle se rattrapait sur les gâteaux à la crème et le chocolat.

Alertée par le bruit, Marie-Louise, bonne personne charitable, se précipita, croyant que quelqu'un se trouvait en péril, afin de porter secours à celui-ci. Chaste et pure, innocente comme une enfant de Marie, elle éprouva beaucoup de mal à réaliser ce qui se passait. Que faisaient donc cet homme et cette femme, à moitié nus, s'agitant frénétiquement dans une voiture ? L'un n'essayait-il pas d'étrangler l'autre, de la tuer, ce qui expliquait que celle-ci appelle à l'aide ? Dans ce cas, il lui fallait intervenir pour sauver cette infortunée.

Marie-Louise ne manquait pas de courage. Aussi, en dépit des risques encourus, s'apprêtait-elle à bondir pour assommer cet horrible assassin quand elle fut frappée par un brin de raison. Elle avait beau se montrer d'une fabuleuse ignorance sur tout ce qui touchait à la sexualité, elle savait quand même que les bébés ne naissent pas sous une feuille de chou. Un jour elle avait aperçu une vache se faire saillir par un taureau, chez l'un de ses voisins, le Pierre Roche, un vieux garçon sympathique qui lui rendait quelques menus services : il lui bêchait son potager, sciait ses bûches, taillait ses arbres fruitiers... Mon Dieu ! Elle allait en faire une belle ! Se couvrir de ridicule. Ces deux-là devaient faire l'amour.

Offusquée, mais aussi un peu mal à l'aise et tourmentée par quelques pensées troubles – cette sainte femme, faite de chair et de sang comme tout le monde, n'était pas un pur esprit –, elle s'éclipsa sur la pointe des pieds, en pensant que ces gens-là auraient pu mettre un peu plus de discrétion dans leurs ébats. Quelle horreur si de candides jeunes enfants les avaient aperçus !

Dans la bacchante à moitié nue, hurlant de plaisir sans pudeur, entrevue un court instant, elle avait reconnu avec stupéfaction l'épouse d'un des vétérinaires de Massiac, l'épouse d'André Vernet, et l'homme qui forniquait avec elle, un robuste gaillard, n'était certainement pas son mari. Elle ne le connaissait pas. Qui donc pouvait-il être ?

« Petit Jésus, quelle histoire ! N'importe qui aurait pu les voir. Quelle terrible imprudence de leur part. »

Très perplexe, elle ne savait pas que faire.

« Dois-je avertir son conjoint de l'inconduite de sa femme ou bien me taire ? D'un côté le laisser dans l'ignorance est répréhensible, car il est en droit de connaître le comportement coupable de celle-ci, mais, de l'autre, pourquoi le plonger dans le malheur alors que, sans doute, il vit dans une grande sérénité ?

Je suis vraiment très embarrassée. Quoi qu'il en soit, si je me tais, inéluctablement un jour ou l'autre, quelqu'un va tomber comme moi sur ces gens qui prennent aussi peu de précautions, quelqu'un qui se montrera moins discret que moi et ne résistera pas au plaisir de raconter ce qu'il a vu. Il s'en suivra un drame. La réputation de cette dame sera perdue et son pauvre mari deviendra la risée de tous. »

Or elle trouvait ce dernier très sympathique. Elle avait eu l'occasion de le rencontrer chez son voisin Pierre Roche. Celui-ci élevait quelques vaches, cependant il tirait l'essentiel de ses revenus en produisant des fruits en grandes quantités. Seulement il n'est guère prudent de laisser paître des bovins dans des vergers, tant ils engloutissent goulûment leur nourriture. Ce qui devait arriver arriva : une de ses bêtes avala gloutonnement une pomme, sans prendre le soin de la mâcher au préalable, et celle-ci se coinça malencontreusement au milieu de son œsophage. Une catastrophe ! Le pauvre animal était fort embarrassé. Impossible de continuer à manger. Impossible de ruminer. Impossible surtout d'expulser les gaz produits en abondance par les millions de bactéries peuplant sa panse ; panse qui, par conséquent, se mit à gonfler dangereusement.

Appelé en urgence, André Vernet avait soigné avec maestria l'infortunée Anémone – elle se dénommait Anémone, le Pierre Roche étant un fervent admirateur de Valéry Giscard d'Estaing, eh oui, chacun avait la sienne, l'un dans son lit, l'autre dans son étable. Notre vétérinaire avait poussé jusqu'au rumen la pomme inopportune à l'aide d'une sonde métallique, terminée à une de ses extrémités en entonnoir, sonde qu'il avait maniée habilement, prenant bien garde de ne rien déchirer. L'histoire s'était heureusement terminée. Si la malade n'avait pas remercié son sauveur, en revanche son propriétaire s'en était chargé avec effusion.

Marie-Louise, qui ne désirait que le bien de tous, ne savait que faire.

« Et si j'en parlais à Monsieur le curé ? Peut-être se montrerait-il de bon conseil ? Dans le fond, c'est son travail ! Non, ce serait une très mauvaise solution. Il est d'une rigidité excessive et manque par trop de charité. Il ne penserait qu'à fustiger les coupables et non pas à essayer d'arranger les choses en douceur. »

En effet, celui-ci, plus ou moins intégriste, complètement fermé aux idées nouvelles, en était encore à considérer qu'il n'y avait pas péché plus gravissime que celui de la chair. Averti, il aurait voué les coupables aux flammes de l'Enfer, n'hésitant pas à prévenir le mari dans l'espoir que ce dernier se montrerait d'une extrême sévérité à l'encontre de sa femme fautive. Pas de pitié pour ceux qui enfreignent la loi divine. L'épouse adultère doit être lapidée. Il n'y a pas plus féroce que certains prêtres. Ceux qui vivaient aux temps de l'Inquisition en savent quelque chose.

Soudain une idée lumineuse germa dans le cerveau de Marie-Louise :

« Je vais envoyer une lettre à cette dame, à cette égarée, en ne lui cachant évidemment ni mon nom ni mon adresse. Je lui expliquerai que je l'ai aperçue par hasard, que d'autres que moi pourraient le faire, donc que sa conduite est terriblement imprudente. Je m'efforcerai de mettre un peu de plomb dans cette tête folle. Peut-être ainsi éviterai-je un drame ? Il serait vraiment dommage que ce pauvre André Vernet soit plongé dans le malheur. »

Cette sainte personne, de belle taille, grande et forte, n'ayant jamais connu les joies d'une passion partagée, n'ayant jamais eu d'enfants, possédait cependant un cœur rempli d'amour maternel. C'est sans doute la raison pour laquelle, inconsciemment, elle se trouvait attirée par les hommes frêles et timides. Elle désirait les protéger. Aussi ferait-elle son possible pour que ce charmant petit vétérinaire, si gentil, ne voie pas son bonheur troublé.

Ce fut ainsi que Solange apprit qu'elle avait été vue en compagnie de Paul en train de se livrer à des occupations qu'il est préférable de pratiquer dans la plus stricte intimité, surtout si elles doivent rester ignorées d'un conjoint qui serait légitimement en droit de ne pas les approuver chaleureusement. Elle réalisa combien sa conduite avait été imprudente et se félicita de la grande discrétion de Marie-Louise.

Toutefois celle-ci, chaste et pure, incapable de comprendre que l'on puisse être esclave de ses sens, avait rêvé en s'imaginant que sa lettre, dont elle avait soigneusement pesé les termes, allait remettre dans le droit chemin cette épouse infidèle. Il n'en était certes pas question. Éperdument éprise de son amant, elle ne songea pas une seconde à s'en séparer. Il fallait seulement découvrir un moyen de le rencontrer en toute sécurité.

Chapitre VI

« COMMENT CONTINUER à m'envoyer en l'air en compagnie de cet excellent Paul sans risquer de sérieux ennuis ?, ne cessait de se demander anxieusement Solange, depuis l'avertissement que lui avait adressé charitablement la brave Marie-Louise. Je sais qu'André se montre tellement innocent qu'il aura beaucoup de mal à réaliser son infortune. Toutefois, si on lui met vraiment les points sur les i, il ne pourra quand même pas nier l'évidence et, alors, je serais très surprise qu'il prenne la chose avec une grande philosophie, surtout s'il se rend compte qu'on se fiche de lui dans le pays. Les hommes font preuve d'une vanité incroyable. Être cocus leur déplaît principalement quand les autres sont au courant de leur malheur, car ils s'imaginent qu'on va penser qu'ils ne sont trompés que parce qu'ils ne savent pas s'y prendre ou, pire encore, qu'ils sont impuissants. Au lieu de se montrer légitimement fiers de leur intelligence, de leur habileté ou de leur force physique, ces ânes ne le sont que de leur queue ! Ils mettent leur honneur à un drôle d'endroit ! »

« Par conséquent il sera furieux et il me fichera dehors, ensuite il demandera le divorce. Ce sera une épouvantable catastrophe. Non pas que de ne plus vivre auprès de lui me remplirait de désespoir, certes pas, au contraire même tellement je trouve ennuyeux cet horrible rabat-joie. Seulement je me retrouverais sans un fifrelin. Comme l'intégralité des torts seraient de mon côté, naturellement je n'aurais pas droit à un sou, pas à la moindre petite pension alimentaire. Quant à mes chers parents, ils ne seraient vraiment pas contents. En effet, ils adorent leur gendre qui est toujours fourré chez eux et soigne gratuitement leurs bêtes. Ils m'en voudraient à mort. Ainsi, je serais bien montée, tout le monde contre moi, et donc obligée de travailler pour vivre, car, évidemment, il ne faudrait pas compter sur Paul pour subvenir à mes besoins puisqu'il n'a pas un rond. »

La vie était dure pour l'infortunée Solange qui aurait voulu être débarrassée d'un époux terriblement encombrant, mais aussi garder l'argent que celui-ci lui fournissait largement ; ce qui lui permettait de mener une existence douillette : pas grand-chose à faire, une maison confortable, une belle voiture, acheter sans compter... Elle en avait perdu le sourire.

« Ah, s'il venait à disparaître, quelle chance ce serait ! Je n'aurais plus à le supporter, j'hériterais de notre villa et d'un million de francs, grâce à l'assurance-vie que je lui ai fait souscrire à ma demande. Je serais à la fois riche et libre comme l'air. Une merveille. Paul pourrait venir chez moi, ce qui ne serait pas dommage, car faire l'amour dans un lit est nettement plus confortable que sur la mousse ou dans une bagnole. »

N'allez pas vous imaginer qu'en rêvant de la mort de son mari, en la souhaitant même, Solange était un monstre. Absolument pas. En fait, dans beaucoup de femmes mariées sommeille une veuve. Nos douces et charmantes compagnes n'ignorent pas qu'elles bénéficient d'une longévité supérieure à celle des messieurs. D'une part elles boivent beaucoup moins d'alcool que ces derniers et ne fument pas autant, d'autre part elles ne sont pas dotées, comme ces infortunés, d'un lamentable petit chromosome Y, à la place elle possèdent un X, un X solide qui leur assure une santé de fer. Le sexe faible, laissez-moi rigoler ! Aussi se trouvent-elles toujours prêtes à s'accommoder, avec une belle sérénité d'âme, de la perte de leur conjoint, perte souvent infiniment moins douloureuse pour elles que leur ménopause. La mode des voiles noirs a été instaurée pour leur permettre de cacher leur visage le jour de l'enterrement ; ainsi, elles peuvent rigoler à leur aise sans risquer de choquer les bonnes gens. Pourquoi donc croyez-vous, pauvres innocents, qu'elles se rendent régulièrement au cimetière fleurir la tombe du disparu ? Non pas pour le pleurer, mais afin de s'assurer qu'il y est encore et que ce sacripant n'envisage pas d'en sortir !

« Ah, s'il venait à disparaître ! »

Hélas, André, en dépit de sa frêle carcasse, de ses seulement cinquante kilos, jouissait d'une santé insolente. Il ignorait totalement les maladies. En hiver, presque tout le monde chopait la grippe, notamment le pauvre Henri Mizoule constamment fiévreux, toussotant crachotant, la gorge douloureuse et enflammée, contraint de s'aliter plus souvent qu'à son tour, souffrant en outre de maux de ventre et d'une diarrhée tenace ; lui, au contraire, bravait les intempéries en se couvrant à peine et sans jamais attraper le plus petit coup de froid. Un anormal, ce type ! Si encore ce bougre avait picolé sans mesure et fumé comme un pompier, Solange aurait légitimement pu espérer qu'une bienheureuse cirrhose du foie ou un providentiel cancer du poumon la débarrassent définitivement de cet insupportable gêneur. Malheureusement, il éprouvait une profonde horreur à l'encontre du tabac et ne buvait que de l'eau, de la limonade et du sirop de citron. En outre, il préférait les biscottes et les légumes cuits à la vapeur aux plats en sauce et à la choucroute garnie de cochonnailles bien grasses. Cet affreux avait ainsi tout pour faire un centenaire, voire plus encore. Ainsi, il enterrerait son infortunée compagne après l'avoir empoisonnée durant sa vie entière !

Mais il restait les accidents pour donner un peu d'espoir à une dame prête à ne pas faire une veuve inconsolable. Ce bonhomme increvable pratiquait un métier relativement dangereux. D'une part il roulait en voiture quotidiennement, et certes pas en père tranquille, car il était constamment pressé, quel que soit le temps ; ni le brouillard ni la neige, ni le verglas ne l'arrêtaient ; sur de petites routes étroites, riches en virages, souvent bordées de précipices profonds ; d'autre part les Salers sont munies de grandes cornes pointues et de pattes agiles. Un mauvais coup est vite attrapé. Or notre homme se montrait terriblement imprudent. Par pure gloriole, pour faire le malin, pour montrer qu'il était bien meilleur et plus fort que les autres, la plupart du temps il refusait que ses clients lui tiennent ses patientes ; patientes, justement pas tant que ça !

Toutefois Solange ne pouvait pas trop compter là-dessus pour obtenir sa liberté. D'abord son mari conduisait fort bien, ensuite les vaches ont beau être des animaux nettement plus dangereux que les poissons rouges, à sa connaissance, si, de temps à autre, un taureau de mauvaise humeur expédiait un malheureux paysan dans l'autre monde, en revanche aucun vétérinaire rural n'avait encore trouvé la mort dans l'exercice de sa profession. Pensez donc, c'était à peine si une fois tous les dix ans les bovins avaient l'immense plaisir d'apprendre qu'un toréador, au boulot autrement plus périlleux, s'était fait tuer au cours d'une corrida.

C'était à désespérer !

« Suis-je condamnée à rester ma vie entière en compagnie de cette sinistre andouille ? »

Elle en pleurait de rage et d'énervement, aussi, peu à peu, une idée diabolique germa dans son cerveau.

« Pourquoi n'aiderais-je pas légèrement la nature ? Pourquoi attendre bêtement, sans rien faire, un évènement hautement improbable ? »

Si Marie-Louise avait pu lire ce qui se passait dans la tête de Solange, elle aurait été absolument épouvantée. Croyant agir pour le mieux et se berçant d'illusions, elle lui avait envoyé une lettre, au lieu de prévenir son mari, lettre dans laquelle, non seulement elle l'incitait à la prudence, mais surtout elle l'exhortait à la sagesse ; persuadée qu'ainsi sermonnée cette femme infidèle allait retrouver le droit chemin. Hélas, profondément ancrée dans sa passion coupable, celle-ci n'y songeait nullement et elle envisageait même de se lancer dans une voie criminelle.

Évidemment une demoiselle élevée dans la crainte du péché, dans l'amour de Dieu, et très ignorante de la nature humaine, ne pouvait pas comprendre ce comportement, comportement sinon excusable, tout au moins très normal. Est-ce qu'un buveur s'arrête de boire alors qu'il sait pertinemment que sa conduite l'amènera inéluctablement à la déchéance, suivie d'une mort précoce ? Non, bien que, peu à peu, il devienne une véritable loque, qu'il maigrisse, qu'il perde l'appétit, qu'il soit agité de tremblements incoercibles, il continue. De même un fumeur s'adonne à son vice répugnant. Il n'ignore pas pourtant qu'un douloureux cancer du poumon en sera le fatal aboutissement. Il tousse sans arrêt, perd le souffle, se sent oppressé au moindre effort physique et, cependant, il persiste à quotidiennement inhaler le poison qui le tue. Quand on est l'infortuné esclave de l'alcool, du tabac ou de ses sens pratiquement rien n'est capable de vous faire entendre raison.

La liberté, valeur suprême des démocrates, n'est qu'un mot vide de sens. En fait nous sommes tous les jouets de nos gènes, de nos hormones, de notre éducation et du milieu au sein duquel nous évoluons. Aussi, évitant de condamner quiconque, faut-il se borner à se protéger des individus dangereux et s'efforcer de soigner ceux-ci. Les criminels sont des malades mentaux et non pas des réprouvés voués aux flammes de l'Enfer.

Pour Solange l'existence sans Paul, sans les divines extases qu'il lui procurait, ne valait vraiment pas la peine d'être vécue. Elle aurait préféré mourir plutôt que de perdre ce merveilleux amant.

L'idée de se débarrasser de son mari fit, jour après jour, tout doucement son chemin dans sa tête.

D'abord, dans un premier temps, horrifiée elle la repoussa. Bien sûr on peut souhaiter la mort de quelqu'un tellement il y a d'individus pénibles – qui ne l'a pas fait de temps à autre ? –, mais décider de passer à l'acte, c'est autre chose ; une chose absolument impensable. Tu ne tueras point est un commandement profondément ancré dans le cœur de chacun, dans le cœur des athées comme dans celui des croyants ; sinon il n'y aurait pas de vie en société possible.

Catholique de tradition, elle continuait à pratiquer par habitude et surtout pour ne pas choquer les bonnes gens de l'endroit. Dans un petit pays de la France profonde, à l'époque, une dame de la bourgeoisie se devait de fréquenter l'église. D'ailleurs la messe de onze heures n'était-elle pas le dernier salon où l'on cause ? On exhibait sa dernière robe et, en papotant, on apprenait les nouvelles du coin. Toutefois, alors que ses parents possédaient la foi du charbonnier, elle, de son côté, ne croyait plus à rien. Les sermons des curés, des balivernes destinées aux enfants en bas âge et aux vieilles demoiselles à moitié gâteuses. Elle était une femme de son temps, en effet, l'évolution des mœurs semblait lui donner raison. L'office dominical attirait de moins en moins de monde. Les jeunes commençaient à se passer allègrement du sacrement du mariage. On pratiquait couramment la contraception. Dorénavant presque tous pensaient que le principal but de l'amour physique était de se faire plaisir et non pas de fabriquer des gosses, contrairement à ce que serinaient les curés. On commençait même à évoquer, à voix feutrée, l'avortement. Celui-ci était-il vraiment un crime épouvantable ?

Néanmoins, si Solange se montrait persuadée que Dieu, le Paradis et l'Enfer étaient de pures chimères, elle éprouvait une instinctive répugnance à tuer quelqu'un. Pourquoi ? Elle n'en savait rien puisqu'elle ne craignait pas la damnation éternelle. Seulement, si ce sentiment restait inexplicable, il n'en demeurait pas moins solidement ancré au fond de son âme ; solidement ancré, car sans aucun doute déposé là par le Divin Créateur dont elle niait l'existence.

Les jours, puis les semaines passèrent.

En dépit du danger, Solange continuait à rencontrer Paul pratiquement quotidiennement, mais en s'entourant de mille précautions. Cependant, malgré celles-ci, et quoi que personne depuis Marie-Louise ne soit tombée sur les deux amants au moment le plus inopportun, peu à peu, beaucoup dans le pays subodorèrent qu'il se passait quelque chose de pas trop catholique dans l'existence de cette femme de vétérinaire.

Ce fut la Mélanie Farraire qui se trouva évidemment à l'origine de cette rumeur, très heureuse de pouvoir nuire à son exécrée voisine :

– Tu sais ce que j'ai remarqué, Marie-Claude ?

Marie-Claude, une de ses excellentes amies, une vieille fille au cœur de pierre, indulgente pour elle et inexorable pour les autres.

– Quoi?

– La Solange, ma voisine, la femme du véto.

– Et bien ?

– Je la vois partir de chez elle en voiture sur le coup de sept heures du soir.

– Tiens donc !

– Et elle rentre deux heures après.

– Tous les jours ?

– Quasiment.

– Oh !

– Ouais, sauf si son mari se trouve à la maison.

– C'est louche !

– J'te le fais pas dire !

– Où qu'elle va ?

– J'n'en sais foutre rien. Tu comprends, j'ne peux pas la suivre.

L'infortunée Mélanie ne possédait qu'un vieux vélo comme unique moyen de transport, ses revenus étant trop modestes pour lui permettre d'acquérir même une mobylette.

– Et qu'est-ce qu'elle va faire à ton idée ?

– Quelque chose de pas trop propre.

– Tu crois ?

– Ouais, j'serais bougrement étonnée qu'elle aille réciter son chapelet à l'église !

– C'n'est pas son genre à la dame !

– Il y aurait un bon ami dans cette histoire que cela ne m'étonnerait guère.

– Et qui serait le coquin ?

– Ben, j'ai ma petite idée.

– Non !

– Eh si !

– Alors ?

– Ma tête à couper que c'est le Paul Levet.

– Le Paul Levet ?

– Oui, un type qui travaille à la Cymaro et qui habite au Montel.

– Au Montel, par conséquent pas loin de la maison de la Solange.

– Comme par hasard !

– Il paraît que c'est un sacré chaud lapin !

– Un vorace, il les veut toutes !

Hélas, ni Mélanie ni Marie-Claude. Quel dommage, s'il avait consenti à faire un petit effort, à coup sûr cela aurait arrangé le caractère de ces deux malheureuses !

– Oh oui, sa femme, la Chantal, en porte une belle paire !

– La pauvrette est rudement à plaindre.

– Elle a bien du mérite, une piètre santé, deux gosses à élever, pas beaucoup de pognon…

– Et, en prime, un saligaud pour mari !

– Et pourquoi tu penses que c'est lui ?

– Ben, j'ai observé que quand la dame s'en va d'un côté, la 2CV du lascar part dans la même direction peu de temps après.

– Tu m'en diras tant !

– Eh oui, c'est sûrement lui.

– Donc, d'après toi, l'André Vernet est cocu.

– Sûr et certain. D'ailleurs, jamais chez lui, toujours en vadrouille dans la campagne, pendant la journée, même parfois la nuit, laissant à la maison une femme qui n'a strictement rien à foutre, ça lui pendait au nez à ce malheureux.

– Il aurait dû lui faire un ou deux gosses pour l'occuper.

– Peut-être qu'il ne sait pas s'y prendre ?

– Ou qu'il n'a rien dans le caleçon ?

Et de ricaner méchamment.

Les vieilles filles, célibataires forcées, n'aiment pas les messieurs puisque aucun n'a voulu d'elles. Les détestant, elles leur prêtent tous les défauts ; ceux qu'ils possèdent et aussi ceux qu'ils n'ont pas.

Évidemment la charmante Marie-Claude, dotée d'une langue agile et venimeuse, ne garda pas pour elle cette passionnante révélation. Elle en fit largement profiter ses copines qui, elles aussi, ne restèrent pas la bouche cousue. Ainsi, bientôt l'ensemble de la population de Massiac et des environs chuchota que, pendant que ce pauvre niais d'André Vernet courait de ferme en ferme afin d'y soigner les vaches, sa femme s'en allait de son côté se livrer à de plaisantes parties de jambes en l'air en compagnie d'un bonhomme du coin ; parties qu'elle aurait dû réserver à son époux légitime.

À voir les regards narquois que lui jetaient les vieilles chouettes du pays et à entendre leurs ricanements derrière son dos, Solange se douta de la chose et frémit : « à coup sûr une de ces ordures ne va pas se priver de la joie de prévenir mon mari au moyen d'une lettre anonyme. Il n'y croira sans doute pas trop, cependant cela lui mettra la puce à l'oreille. Il me surveillera et cela se terminera très mal. Ce sera une véritable catastrophe. Divorcée, je me retrouverai seule et sans le sou. »

Elle était d'autant plus ennuyée qu'elle aimait Paul de plus en plus et André de moins en moins. Elle ne pouvait plus supporter ce dernier. Tout en lui l'énervait, son comportement, ses paroles, et le pire était de devoir subir les caresses de ce gringalet en faisant semblant d'y prendre plaisir pour ne pas éveiller ses soupçons.

Et lancinante revenait l'idée de se débarrasser de cet exécrable gêneur.

Ses derniers scrupules s'envolaient avec son exaspération . Elle se donnait de bonnes raisons pour justifier son odieux projet et lui donner suite.

« Il me fait mourir d'ennui, il me pourrit la vie. Par conséquent le tuer est un acte de légitime défense. D'ailleurs quel intérêt ce pauvre imbécile trouve-t-il à la vie ? Il passe son temps à travailler, le jour comme la nuit, et ne s'amuse jamais. Il serait beaucoup mieux dans la tombe où il pourrait enfin se reposer. »

Bref, elle lui rendrait presque service en l'assassinant ! Eh oui, même les plus viles crapules donnent d'excellentes excuses à leurs pires forfaits. Évidemment elle s'efforçait de ne pas penser qu'en fait rien ne l'empêchait de divorcer, avec l'intégralité des torts de son côté, pour aller vivre le parfait amour avec Paul aux yeux de tous. Seulement alors sa fortune se réduirait à sa chemise, or elle n'appréciait nullement le régime du pain sec et de l'eau claire. Depuis son mariage, elle avait pris goût à une existence confortable et à dépenser sans compter.

Sa décision une fois prise, elle étudia soigneusement le problème. Celui-ci n'était pas simple.

« Tuer quelqu'un n'est pas très difficile, en revanche le faire en toute impunité est une autre paire de manche. Gendarmes et policiers sont des gens terriblement méfiants, soupçonneux et, les progrès de la science aidant, ils ne laissent aujourd'hui pas beaucoup de chances de s'en sortir aux pauvres criminels. Or, d'une part un assassin ne peut pas hériter de sa victime, d'autre part je serais bien avancée si j'échoue derrière les barreaux pour de nombreuses années. Je n'aurais sûrement pas le bonheur de partager ma cellule avec un merveilleux amant, au contraire je serais entourée d'horribles bonnes femmes. Quelle horreur ! »

Par conséquent il lui fallait préparer l'affaire très soigneusement en ne laissant absolument rien au hasard.

« Quoi qu'il en soit, je ne peux pas m'en sortir seule, il me faut de l'aide. Je vais donc en toucher un mot à Paul. D'ailleurs n'est-il pas le premier intéressé ? Ceci sans tarder, car le temps presse, d'un jour à l'autre André peut apprendre son infortune. »

Aussi, dès le lendemain, à peine avait-elle reçu sa petite gâterie quotidienne, qu'elle redescendit sur terre et aborda le sujet.

– Je vais te demander de me donner un coup de main.

– Si je peux...

– Il s'agit de...

C'était drôlement difficile à dire, comment allait-il prendre la chose ? Elle savait ce qu'il cachait au fond de son pantalon, mais pas trop ce qu'il avait dans la tête. Ayant d'autres occupations, ils ne s'étaient jamais livrés ensemble à de longues conversations où chacun aurait exposé sa conception de la vie. Finalement ils se connaissaient très mal.

– Alors ?

– Ben voilà, cela ne peut pas continuer ainsi. Un beau jour quelqu'un va nous surprendre et avertir mon mari.

– Ouais.

Lui s'en foutait complètement. La pauvre Chantal ne se faisait aucune illusion sur la fidélité de son époux et, si un scandale devait le priver de ses rencontres avec Solange, il s'en consolerait aisément, car il n'aurait aucun mal à se procurer d'autres partenaires. Cette histoire lui ferait même une bonne publicité ! Évidemment cette femme riche lui donnait quelques billets. Tant pis ; s'il ne détestait pas l'argent, il pouvait cependant s'en passer. Et, bien entendu, il ne craignait pas de se faire casser la gueule par le pauvre cocu. Vous pensez, une pareille demi-portion !

– Ce serait une catastrophe.

– Bof...

– Nous ne pourrions plus nous voir.

– Ben...

Il y mettait vraiment de la mauvaise volonté, il ne voulait rien comprendre.

– Ah, si j'étais veuve ! Ce serait le rêve.

Évidemment puisque la malheureuse Chantal ne comptait pas.

– Oui.

– Alors ? Tu saisis ?

– Quoi ?

– Nous pourrions essayer...

– Essayer ?

Il allait falloir lui mettre les points sur les i. Était-il complètement idiot ou, ayant réalisé de quoi il s'agissait, l'affaire ne l'enthousiasmait-elle absolument pas ?

– Essayer de faire passer définitivement le goût du pain à mon emmerdeur de mari !

– Non !

– Eh si.

– Tu n'y penses pas !

– Je ne pense qu'à ça, au contraire. On voit bien que ce n'est pas toi qui doit le supporter tous les jours !

Pauvre André ! Solange s'étendit longuement sur la soi-disant existence de martyre que lui faisait mener son conjoint. Lui attribuant une foultitude de défauts, ceux qu'il avait et aussi ceux qu'il n'avait pas, elle eut même le culot de prétendre qu'il la battait ! Heureusement que Paul ne connaissait pas vraiment notre doux et pacifique petit vétérinaire, sinon jamais il n'aurait cru une pareille calomnie.

– Et puis il me méprise. C'est un bourgeois, infatué de son monde, et moi une simple paysanne. Il me le fait sentir quotidiennement.

Cet horrible mensonge était d'une suprême habileté, car merveilleusement fait pour monter Paul contre André ; un Paul qui, modeste smicard, exécrait les gros, les nantis, les exploiteurs du peuple. Il rêvait du Grand Soir où les riches seraient pendus jusqu'aux derniers avec les entrailles de ces satanés curés ! Homme simple, il mordit à l'hameçon et réagit au quart de tour :

– L'ignoble salaud !

– Tu comprends pourquoi je ne peux plus le supporter.

– Naturellement.

– Alors il faut faire quelque chose.

– Ben quitte-le.

– Mais je n'aurai plus un radis.

– Bof, il t'en faut tant que ça ?

Il se montrait indécrottable, cet abruti ! Il continua :

– T'as tes parents. Je me suis laissé dire qu'ils sont bourrés de fric.

– Mes parents ! Tu rigoles.

– Ah bon.

– Tu te fous complètement le doigt dans l'œil.

Il n'y a rien de plus énervant pour les paysans que d'entendre affirmer qu'ils possèdent du pognon à n'en savoir que foutre alors qu'en réalité la plupart d'entre eux sont surtout très riches en emprunts et éprouvent beaucoup de mal à s'en sortir.

– Oh.

– De toute façon ils seront furieux contre moi si je divorce. Ils me renieront et me fermeront la porte de leur maison. Ils apprécient énormément leur gendre et m'en voudront à mort de l'avoir quitté.

Un éleveur ne peut que se réjouir de voir entrer dans sa famille un vétérinaire rural. Il l'invite à déjeuner le plus souvent possible et, avant de passer à table, il l'emmène faire un tour à l'étable. Là il y a toujours quelque chose à montrer : une vache qui ne retient pas, une autre qui boite, une tétine à déboucher, un veau qui ne finit pas de choper la diarrhée... Un sacré coup de pot d'avoir sous la main un brave gars qui vous soigne gratuitement votre cheptel. Alors, vous pensez, il ne s'agit pas de le perdre !

– Tu vois donc, continua-t-elle, ce qui nous reste à faire !

Oui, tuer ce mari qui avait tant de défauts ; lui mitonner un petit accident était presque une entreprise de salubrité publique !

Paul, pas très fin et surtout psychologue lamentable, se trouva supérieurement manipulé par sa maîtresse beaucoup plus intelligente que lui. Elle finit par le persuader qu'il n'y avait rien de vraiment répréhensible à estourbir ce monstre d'époux. Cependant il répugnait à passer à l'acte par peur des gendarmes ; par cette crainte salutaire qui rend sages la plupart des honnêtes citoyens. La perspective de finir ses jours en prison ne le transportait pas d'enthousiasme.

– Ouais je n'ai rien contre puisque tu me dis que c'est un vrai salopard . Seulement ton truc est bougrement dangereux. On ne tue pas quelqu'un impunément. Les flics ? Tu y as pensé ? Faudrait pas se faire coffrer. Quand je serai en taule, qui donc s'occupera de Chantal et de mes deux loupiots ? Ils crèveront de misère.

Cette brute épaisse trompait sa femme allègrement sans éprouver le moindre petit remords. Cependant elle et ses enfants occupaient une place dans son cœur. Il tenait à leur assurer le gîte et le couvert. D'ailleurs il n'utilisait pas l'argent que lui donnait sa maîtresse pour ses plaisirs personnels, mais pour mettre un peu de beurre dans les épinards de ces trois malheureux. Depuis quelque temps, ceux-ci avaient la bonne surprise de voir leur mari et père revenir du boulot muni tantôt de chocolat, tantôt d'une brioche, tantôt de bouteilles de jus de fruit; revenir un peu tard évidemment, car il lui fallait d'abord gagner le prix de ces douceurs. En couchant avec Solange, le gaillard travaillait pour sa famille. Un papa gâteau et un époux modèle !

– Ne t'inquiète pas. Moi aussi je n'ai aucune envie de finir mes jours en prison. Par conséquent je vais prendre toutes les précautions voulues.

– Heu...

– Mais oui, mais oui, je vais sérieusement réfléchir à la question. Je ne vais pas m'engager à la légère. Ce sera un crime parfait.

– Si tu le dis...

– Tu peux avoir entière confiance en moi et ce n'est que lorsque je serai sûre de mon coup que je t'expliquerai ce que tu devras faire.

– Ah bon.

– Je peux compter sur toi ?

– Ben...

Le moins que l'on puisse dire était que cette proposition ne le transportait pas de joie. Il n'osait pas refuser carrément, car Solange lui en imposait par son intelligence et aussi par sa situation sociale. Modeste smicard dont les ancêtres avaient été de pauvres bougres depuis la nuit des temps, s'il haïssait les gens de la Haute, il éprouvait néanmoins pour eux un respect atavique. Il ne se sentait pas à leur niveau. Certes, la perspective de continuer à batifoler avec sa séduisante maîtresse lui souriait fort ; surtout en bénéficiant de ses largesses, largesses qui ne pourraient que copieusement augmenter quand il serait son complice, quand il aurait risqué la taule pour ses beaux yeux. Toutefois on ne le sentait pas vraiment emballé par ce projet.

Étrange trio : André adorait sa femme qui, elle, le détestait de plus en plus, jour après jour, et ne pouvait pas se passer de Paul ; quant à celui-ci, il n'aimait vraiment que lui-même, son plaisir et ses petites habitudes d'homme totalement dépourvu d'ambition.

– Alors ?

– Heu... Enfin... Si tu le veux, j'suis ton homme.

Puisqu'elle lui assurait que cette histoire ne comporterait aucun risque, il lui faisait confiance. Pas très malin, il la savait beaucoup plus fine que lui, donc il la suivrait ; il lui obéirait.

Satisfaite, elle le remercia chaleureusement avec ce qu'elle avait de mieux à lui offrir, son savoureux trésor. Ils ne se séparèrent qu'après un délicieux et dernier petit galop.

– Je vais étudier la question, crois-moi, ce sera du billard, lui assura-t-elle en le quittant.

Pendant ce temps, inconscient de l'épée de Damoclès qui le menaçait, André, ses visites effectuées, regagnait Massiac en descendant la route de La Chapelle-Laurent. Curieusement il passa à quelques mètres à peine de la voiture où sa chère épouse le trompait tout en complotant sa mort, mais il ne la vit pas, car elle se trouvait bien dissimulée derrière d'épais buissons d'épines noires, de ronces et de genêts.

Il se montrait très content de sa journée. Les vaches qu'il avait soignées ayant eu l'heureuse idée de guérir, il avait reçu force compliments ; aussi nageait-il dans la joie. Plus vaniteux qu'âpre au gain, à un tas d'or il préférait nettement une couronne de lauriers. Ses clients, qui avaient oublié d'être bêtes, s'en étant aperçus, ne se privaient pas de manier activement la brosse à reluire. Tout le monde y trouvait son compte.

Il roulait vite et estimait que la vie est une belle chose.

Chapitre VII

SOLANGE SE trouvait confrontée à un problème excessivement difficile : comment réussir un crime parfait ; un problème sur lequel tant d'infortunés assassins se sont cassé les dents ; au cours des siècles passés, quand la police encore au stade artisanal ne possédait que peu de moyens ; et surtout aujourd'hui, maintenant que, la science aidant, elle a réalisé de tels progrès que seuls quelques types dotés d'une intelligence vraiment exceptionnelle, ou bénéficiant d'une chance miraculeuse, parviennent à lui échapper. En outre il y avait urgence, car, à tout moment, une personne bien intentionnée, ne pensant qu'à rendre service et à défendre les bonnes mœurs, risquait de prévenir son mari :

– Mon pauvre monsieur, ça m'ennuie beaucoup de vous le dire, mais votre épouse vous en fait porter une belle paire !

Ce serait un désastre.

Fille de paysans modernes, ayant conduit des tracteurs et utilisé de nombreuses machines agricoles, elle possédait quelques notions de mécanique. Son brave homme de père n'appelait pas un mécano chaque fois qu'un de ses engins tombait en panne et il lui avait enseigné son savoir-faire. Aussi songea-t-elle, d'abord, à organiser un bon petit accident de voiture à son mari. Enlever en douce le liquide de frein n'était pas une tâche au-dessus de ses capacités. Fort adroite de ses mains, elle se montrait capable, également, de scier à moitié une biellette de direction, la rendant très fragile, prête à se rompre au moindre choc. Rien de plus réjouissant que de constater que son volant tourne dans le vide lorsque l'on roule à tombeau ouvert – terme on ne peut plus approprié – dans une descente, riche en virages et bordée de précipices profonds !

Seulement, si la catastrophe, ainsi minutieusement concoctée, se trouve pratiquement assurée, il n'est malheureusement pas certain qu'elle soit mortelle pour le conducteur. Si, par malchance elle se produit en terrain plat, sur une route aux fossés peu profonds, la mésaventure ne provoque qu'un peu de tôle froissée. Ensuite, évidemment, André, absolument furieux, demanderait des explications à son garagiste ;

– Dites donc, vous avez failli causer ma mort !

– Oh !

– Regardez, plus une goutte de liquide de frein !

– C'n'est pas possible !

– Eh si, bon Dieu, voyez plutôt.

– Ça alors !

– Or il n'y a pas plus de huit jours que je vous ai donné ma bagnole à vidanger. Vous auriez quand même pu y jeter un coup d'œil !

– Mais je vous assure...

Ou bien ;

– Mon volant ! Plus de direction brutalement en descendant de Laurie ! Un peu plus je me foutais dans le ravin ! Un sacré coup de pot que je sois parti de l'autre côté ! Un véhicule quasiment neuf, vous trouvez ça normal ?

– Je n'y comprends rien, j'avais pourtant tout vérifié.

– Tout ?

– Eh oui, tout ! Merde, j'connais mon métier ! J'ne suis pas un novice et je fais mon boulot consciencieusement. Cré bon Dieu de vingt Dieux, vous me connaissez depuis le temps que je travaille pour vous !

– Comment alors vous expliquez ça ?

Les deux hommes, perplexes, se seraient regardé un moment en silence, puis, le garagiste, après s'être gratté le crâne, aurait avancé :

– Moi, ce que je crois c'est qu'un petit malin s'est amusé à trafiquer votre voiture.

– Vous croyez ?

– Ma tête à couper !

– Non !

– Eh si. Vous n'auriez pas, par hasard, dans le coin, un bon ami qui vous veut du bien ?

Et de fil en aiguille le pot aux roses serait découvert, d'autant plus que les trois vétérinaires de Massiac avaient une confiance totale en leurs garagistes, les frères Richard, qui, depuis toujours, entretenaient leurs voitures, les bichonnaient même, avec le plus grand soin. Quand on est appelé pour une urgence, il importe absolument de ne pas tomber en panne au premier tour de roue !

Par conséquent il fallait abandonner cette idée de programmer un accident, d'ailleurs celui-ci aurait pu impliquer d'autres usagers de la route. Or, si Solange désirait la mort de son mari, elle ne se serait cependant pas pardonnée d'avoir provoqué celle d'une innocente famille. Rendue à moitié folle par la passion qu'elle éprouvait pour Paul, elle n'était néanmoins pas complètement dépourvue de conscience morale.

Elle pensa un instant à demander à son amant de pénétrer nuitamment chez eux, d'assommer proprement André pendant son sommeil, puis de se carapater en vitesse ; en emportant quelques objets de valeur dans le but de simuler un cambriolage ayant mal tourné. Muni de gants, il ne laisserait pas d'empreintes digitales. Les enquêteurs se perdraient en conjonctures sur l'identité de l'assassin. Qui s'aviserait de soupçonner un honnête ouvrier de la Cymaro. Un quelconque rôdeur ferait plus figure de coupable possible. Seulement c'était sans compter avec la rumeur publique qui, au contraire, le désignerait comme suspect idéal. Les vieilles chouettes du Montel, ravies de cette aubaine, s'empresseraient de suggérer qu'il avait tué le mari de sa maîtresse afin de garder celle-ci pour lui tout seul.

– Une horrible brute, ce type, vous pouvez me croire, Monsieur l'inspecteur. Il me fait froid dans le dos quand je le croise le soir et ça fait un sacré bout de temps qu'il fricote avec la femme de ce pauvre petit vétérinaire.

Paul serait interrogé, or il était vain d'espérer qu'il puisse résister longtemps aux questions des gendarmes. Homme aux muscles imposants, mais à la petite cervelle et au caractère faible, il serait vite confondu et contraint de se mettre à table. Tous deux se retrouveraient en prison, accusés d'assassinat.

D'ailleurs, à voir la réticence avec laquelle il avait accepté de l'aider dans son projet, elle ne pouvait vraiment pas espérer une collaboration aussi active de sa part.

Il restait le poison, l'arme favorite des dames.

La pharmacie d'André en regorgeait. Lequel choisir ? Arsenic ? Strychnine ? Anesthésiques administrés copieusement ? Avec n'importe lequel, convenablement dosé, le résultat était assuré : la mort de celui qui aurait absorbé ces petites friandises préparées par une femme aimante !

Seulement, quand une personne en pleine santé, relativement jeune et n'ayant pas manifesté d'intentions suicidaires, vient à décéder brutalement, le médecin chargé de signer le permis d'inhumer s'interroge, estimant l'affaire louche, à moins qu'il ne soit complètement abruti. Et, malheureusement, les toubibs de Massiac, sans être des aigles, étaient néanmoins fort loin d'être des imbéciles. Même une femme, charmante et en larmes, ne parviendrait pas à leur faire prendre des vessies pour des lanternes. Quel que soit celui que Solange appellerait, il examinerait le cadavre avec grand soin, ne conclurait pas hâtivement, hélas, qu'il s'agissait d'une crise cardiaque, de la rupture d'un anévrisme ou d'un AVC. Il poserait un tas de questions embarrassantes, puis, finalement, incapable de déterminer la cause de cette fin rapide et affichant une attitude soupçonneuse du dernier mauvais goût, il ordonnerait une autopsie. Ce serait bien évidemment une catastrophe. Des traces de poisons seraient découvertes dans les viscères et qui aurait pu les administrer, si ce n'était la veuve éplorée qui, en dépit de ses violentes dénégations, se retrouverait incontinent en prison.

Par conséquent, Mesdames, cette méthode, pourtant infiniment séduisante, car très pratique, doit être abandonnée ; sauf, bien sûr, si, par chance, le praticien à qui vous avez demandé de constater le décès d'un mari encombrant ne peut rien vous refuser. Avec un sourire ensorcelant et prometteur, vous pouvez obtenir beaucoup. Et que demandez-vous en somme ? Pas grand-chose, presque rien, une broutille, une simple signature. Pas de quoi fouetter un chat !

Mais Solange craignait qu'en l'occurrence ses charmes se montrent insuffisants. Elle tomberait sur un individu stupidement esclave de son devoir et complètement dépourvu de complaisance ainsi que de la plus élémentaire bonne éducation.

❦

En panne d'idées, désespérée, elle se lamentait :

« Comment vais-je m'y prendre ? Ce problème me semble insoluble. Ma vie est définitivement foutue. »

Et non, il ne l'était pas ! Et comble de l'ironie, ce fut la future victime, ce pauvre innocent d'André, qui expliqua obligeamment à sa douce épouse la façon de l'expédier dans l'autre monde sans risquer les foudres de la Justice !

Vétérinaire, féru de son métier, désireux de se tenir informé de tout ce qui concernait celui-ci, il lisait sans cesse des revues de médecine et, fils de professeur, il n'aimait rien tant que de pérorer pour étaler sa science. C'était d'ailleurs une des raisons pour laquelle il se montrait particulièrement assommant. Au cours des repas, il bassinait son épouse infortunée avec ses connaissances, au lieu de parler, comme les gens normaux, des programmes de la télévision, des chanteurs à la mode, des acteurs de cinéma et des croustillants potins du coin. Il était vraiment à tuer !

– Je viens de lire quelque chose de curieux.

– Ah...

« Si tu pouvais savoir ce que je m'en fous, sinistre andouille, tu économiserais ta salive ! »

– Oui, une méthode originale, que je ne connaissais pas, pour provoquer un arrêt cardiaque ?

Un arrêt cardiaque ! Ce que demandait Solange ! Captivée, passionnée même, elle dressa l'oreille. Elle allait l'écouter avec une vive attention. Une fois n'est pas coutume, enfin cet emmerdeur se montrait intéressant !

– Un arrêt cardiaque ?

– Voilà. Pour obtenir ce résultat il faut presser avec force les globes oculaires, tout en massant les deux artères carotides.

– Les artères du cou ?

– Oui.

– Et de cette façon le cœur s'arrête de battre ?

– C'est ce que je viens d'apprendre.

– Il ne repart plus ?

– Non.

– C'est à peine croyable.

– Je pense, évidemment, qu'il doit falloir effectuer ces massages suffisamment longtemps pour obtenir cet effet.

– C'est-à-dire ?

– J'ne sais pas exactement. Plusieurs minutes au moins sans doute.

– Et, après, c'est terminé définitivement ?

– Ben oui.

– La personne meurt comme si elle avait été victime d'une crise cardiaque ?

– C'est ce qui est écrit dans l'article que je viens de lire.

Et il désigna une revue placée sur la petite table sur laquelle les deux époux avaient l'habitude de prendre le café, du moins quand les clients leur en donnaient le temps.

Quel mari charmant, il venait d'expliquer gentiment à sa pauvre femme comment l'envoyer au cimetière !

– Seulement c'est idiot ce truc, fit-elle remarquer, qui donc se laisserait ainsi tripoter les yeux et le cou sans réagir ?

– Évidemment, dit André en riant, en tous cas pas moi ! Surtout aujourd'hui, car j'ai beaucoup de boulot pour cette après-midi ; une mammite chez Échalier à Rezentière, une délivrance chez Delrieu au Montel de Saint-Poncy et, en revenant, je castrerai des cochons chez Marliac à Lescure de La Chapelle-Laurent.

Il partit en courant d'autant plus vite qu'à ces visites la délicieuse madame Mizoule se chargerait, à coup sûr, d'en ajouter quelques autres. De ce côté là, elle se montrait prodigue. Quelle brave femme !

Dès qu'elle entendit partir la voiture de cet homme pressé, Solange se précipita sur la revue providentielle qui lui apportait enfin la solution de son problème. Elle l'étudia fiévreusement. La méthode à suivre y était clairement expliquée. Ainsi, grâce à ce procédé absolument génial un assassin astucieux pouvait tuer n'importe qui sans laisser aucune trace. Si la justice régnait en ce bas monde, son auteur devrait être royalement récompensé par le syndicat du crime et la Mafia. Le médecin, même le plus soupçonneux, même le plus compétent, ne pourrait conclure qu'à une mort provoquée par une crise cardiaque parfaitement imprévue.

– Pourtant, dirait-elle en pleurant – elle tâcherait de verser quelques larmes, ce qui serait assez difficile –, mon mari se portait comme un charme.

– Ma pauvre dame, parfois quelqu'un apparemment en excellente santé peut avoir un cœur en mauvais état et l'auscultation ne parvient pas toujours à déceler cette déficience. Regardez, certains grands sportifs, des athlètes connus, s'effondrent de temps à autre, morts brutalement alors qu'ils paraissaient jouir d'une forme exceptionnelle. Voyez-vous la médecine a encore énormément de progrès à effectuer.

« D'ailleurs, pensa judicieusement Solange, on accusera tout naturellement l'activité débordante d'André. À vouloir trop en faire, à courir sans mesure, et le jour et la nuit, il aura cassé la machine. Je vais jouer sur du velours. Ce truc est vraiment formidable. »

Toutefois il restait une question à régler : évidemment André ne se prêterait pas de bonne grâce à la manipulation de ses yeux et de ses artères carotides.

« Bof, ce ne sera pas très difficile d'empêcher toute résistance de sa part. Je lui ferai absorber auparavant un puissant somnifère ; à son insu cela va de soi. Si, par malchance, une autopsie est faite après son décès, on découvrira des traces de celui-ci, mais à des doses insuffisantes pour avoir provoqué la mort. Je ne serai pas accusée d'avoir empoisonné ce petit chéri. J'expliquerai qu'il avait l'habitude d'en prendre. Bon, passons aux actes, il me faut maintenant aller en acheter à la pharmacie. J'espère qu'ils m'en donneront sans ordonnance. Ensuite je jetterai au feu cette revue providentielle. Il ne faudrait pas qu'un petit malin tombe dessus, la lise, et en tire des conclusions terriblement fâcheuses pour moi. Je vais la brûler en souhaitant que mon mari n'y pense plus et ne me demande pas où elle est passée. En fait, c'est peu probable puisqu'il n'en a plus pour longtemps ! »

Elle ricana : « C'est quand même rigolo, en quelque sorte c'est ce grand innocent qui m'a expliqué comment il fallait procéder pour qu'il débarrasse le plancher sans m'attirer d'ennuis ! Le brave con ! Je le remercierai de sa complaisance en apportant, chaque année, à la Toussaint, un pot de chrysanthèmes sur sa tombe. Je lui devrai bien ça ! »

– Paul, ce sera pour bientôt.

– Ah bon...

Il semblait être plus ennuyé que très heureux.

– Oui, j'ai trouvé un excellent moyen permettant de provoquer une mort qui paraîtra naturelle à tout le monde.

– Même aux toubibs ?

– Eh oui !

– Dis donc, t'en as dans le ciboulot !

Paul béait d'admiration. Ce n'était certes pas lui qui aurait été capable d'un tel exploit.

– Bof...

Elle faisait la modeste et se garda bien d'expliquer qu'en fait c'était la future victime qui lui avait mâché la besogne.

– Donc tu n'as pas besoin de moi.

On le sentait vraiment soulagé. Devenir un assassin ne l'avait pas rempli d'un enthousiasme délirant. Aussi quelle joie pour lui de n'avoir pas à participer à ce crime. Il n'aurait pas de sang sur les mains. On ne pourrait éventuellement que lui reprocher de ne pas avoir dénoncé la coupable. Alors, il prétendrait qu'il ne l'avait jamais crue capable de passer à l'acte.

Mais son bonheur ne dura guère.

– Eh si, il te faudra m'aider.

– Pourquoi ?

Elle lui expliqua ce qu'elle allait faire et conclut :

– Tu comprends sûrement que, peut-être, le somnifère n'agira pas suffisamment fort, d'autant plus que je n'en utiliserai pas trop pour ne pas risquer d'être accusée d'empoisonnement. Aussi n'est-il pas impossible qu'André se réveille malencontreusement au cours de l'opération. Alors, tu penses bien qu'il ne se laissera pas faire gentiment. Il faut, par conséquent, que tu te trouves là et, dès qu'il bougera un peu, dès qu'il tentera de se débattre, que tu l'immobilises solidement afin que je puisse terminer correctement l'opération.

– Tu crois ?

Transformer Paul en criminel était excessivement difficile. Cette grande brute possédait si peu l'âme d'un tueur que, s'il fallait saigner un poulet ou un lapin, sa femme, la petite et fragile Chantal, devait s'en charger. La vue du sang faisait tourner de l'œil à son mari ! Aussi n'était-il pas vraiment l'homme de la situation quand il s'agissait de trucider un vétérinaire !

Devant ce manque évident de bonne volonté, Solange bouillait d'exaspération :

– Bien sûr que je le crois ! Je ne pourrai pas me passer de ta présence à mes côtés. N'aie donc pas peur. Tu es costaud comme un Turc, lui faible comme une puce ; tu n'as vraiment absolument rien à craindre.

– Si tu le dis.

– Oui, ce sera du gâteau.

– Ah bon.

Cette réticence à vouloir participer à l'affaire énervait de plus en plus Solange. Furieuse, elle s'écria :

– Et puis, dis donc, quand on veut obtenir une chose on se bouge un peu. Tu ne voudrais quand même pas me laisser tout faire, moi, une faible femme ! Espèce de grand trouillard ! Quand je serai veuve tu en profiteras et pas qu'un peu. Je serai riche, très riche. Tu penses, j'hériterai d'une belle maison et je toucherai un million de francs. Cela vaut la peine de faire quelques petits efforts !

Elle faisait miroiter des lendemains qui chantent à ce complice qui traînait un peu trop les pieds.

Rendez-vous fut pris pour deux jours plus tard, une nuit où André ne serait pas de garde. De cette façon, nos assassins ne risqueraient pas d'être dérangés par un inopportun appel téléphonique. Ainsi, ils auraient toute latitude d'opérer tranquillement.

– Tu as compris. À deux heures du matin, samedi prochain, tu arriveras chez nous silencieusement. Surtout viens à pied, ne prends pas ta voiture pour faire le moins de bruit possible. Je laisserai la porte d'entrée non fermée à clé. Tu n'auras qu'à entrer. Je t'attendrai en bas et nous gagnerons la chambre à l'étage, au premier, pour effectuer le boulot.

– Bon.

– Munis-toi d'une paire de gants afin de ne pas laisser de tes empreintes digitales. Il n'y aura sûrement pas d'enquête puisque la mort semblera naturelle, cependant deux précautions valent mieux qu'une.

– J'n'en ai pas.

Ce modeste smicard ne possédait pas une garde-robe importante et luxueuse. Des gants ! Je vous demande un peu. C'est bon pour les bourgeois aux mains blanches et délicates, bon pour des types qui ne foutent rien. Lui, ses grosses pattes calleuses recouvertes de crasse ne craignaient pas le froid ; il ignorait l'onglée.

– Tu en trouveras sur le seuil de notre maison. Je les déposerai à ton intention quand mon mari sera couché.

Le destin d'André se trouvait scellé. La mort du malheureux, minutieusement programmée par sa charmante épouse, l'attendait avant peu.

Chapitre VIII

Le vendredi soir, André revint chez lui aux alentours de sept heures et demie du soir, fatigué par une épuisante journée de travail, plus de trois cent cinquante prises de sang effectuées sur les vaches de ses clients dans le cadre de la prophylaxie obligatoire contre la brucellose[1]. Les bras cassés, surtout le gauche, celui qui avait soulevé la queue de ses patientes, il aspirait à un copieux repas, suivi d'une bonne nuit de sommeil, d'autant plus qu'il n'avait pas pris le temps de déjeuner à midi, comme cela lui arrivait fréquemment, afin de ne pas perdre de

1 Maladie infectieuse des animaux, dont l'agent causal est une bactérie, transmissible à l'homme. Chez les bovins elle provoque notamment l'avortement aux alentours du septième mois de la gestation. Ainsi, cette saloperie peut conduire une exploitation à la ruine : plus de veaux, des bêtes malades : métrites, arthrites et autres cochonneries. Bref, un véritable désastre.

précieuses minutes. Les stakhanovistes, même les plus acharnés, éprouvent parfois le besoin de prendre un peu de repos ; ils ne sont pas des machines.

– Je suis complètement vanné, avoua-t-il à sa femme, mais aujourd'hui j'ai battu mon record !

– Ah.

– Oui, trois cent cinquante neuf prises de sang en une douzaine d'heures et, en plus, j'ai dû aussi regarder quelques bêtes malades. Faut le faire !

« Quel sinistre abruti, ricana Solange en son for intérieur, c'est malin de se crever ainsi. Le Mizoule et le Saupiquet doivent doucement rigoler. Ils ont mis la main sur une belle poire avec mon andouille de mari qui travaille à leur place ! »

Se doutant du bel appétit que celui-ci aurait après une pareille journée, elle avait préparé ce qu'il fallait pour le contenter ; d'ailleurs ce veinard, toujours maigre, incapable de dépasser les cinquante kilos, pouvait manger à s'en faire péter la peau de ventre sans jamais prendre un seul gramme. Elle avait pris soin d'assaisonner le premier plat, une épaisse soupe de légumes, avec un somnifère ; une dose suffisante pour provoquer un profond sommeil, sans toutefois être mortelle.

Sitôt la dernière bouchée de son dîner avalée, André se mit à bâiller sans parvenir à s'arrêter.

– Tu sembles être vraiment éreinté, mon pauvre chéri.

Mon pauvre chéri ! Quelle remarquable comédienne !

– Oui, mort de fatigue.

« Mort, ah s'il pouvait dire vrai », rêva sa douce et tendre épouse !

Il s'effondra sur un fauteuil et entreprit de feuilleter « La Montagne » selon son habitude, mais, dès la première page, il piqua du nez sur son journal et se mit à ronfler.

Lorsque fut instaurée la prophylaxie obligatoire de la brucellose, les vétérinaires ruraux se trouvèrent chargés par l'Administration d'effectuer des prises de sang dans les étables de tous leurs clients ; prises de sang dans le but de détecter, chez une bête, la présence ou non de ce satané microbe. Sans doute afin d'éviter de prendre un coup de corne, elles se faisaient à la face inférieure de la base de la queue. Le praticien soulevait celle-ci de la main gauche, de l'autre, adroitement, il piquait l'animal dans une veinule, ou une artériole, ce qui lui permettait de remplir de sang un petit tube.

Une vache normalement constituée n'appréciait guère cette intervention : comment ne pas la comprendre ! Aussi se déplaçait-elle rapidement de gauche à droite et de droite à gauche, déplacements certes limités par la présence à ses côtés de ses deux voisines, mais néanmoins ne facilitant pas l'opération. Toutefois, grâce à un minimum d'entraînement, un type pas trop maladroit, sportif et surtout doté de jambes agiles, parvenait assez facilement à exécuter celle-ci ; sans éprouver la honte de devoir demander de l'aide. Le soir, évidemment, il était légèrement fatigué.

Sa femme le réveilla :

– Monte te coucher, tu seras beaucoup mieux dans ton lit qu'ici pour te reposer.

Il serait surtout infiniment plus facile à maîtriser allongé sous un drap et des couvertures qu'assis et libre de ses mouvements.

– Tu as raison. Pourtant c'est dommage, j'aurais bien aimé lire un peu.

– Tant pis, tu te rattraperas demain.

« Dans l'autre monde, je l'espère ! »

Il gravit péniblement l'escalier, pénétra dans sa chambre et se déshabilla en trois coups de cuillère à pot. Il n'eut pas le courage de se laver, bien que lever des queues de vaches tout au long de la journée ne lui ait pas donné une odeur de rose. Même pas une minute après il était plongé dans un profond sommeil.

En attendant l'arrivée de son amant, Solange entreprit de lire un roman, machinalement, sans prêter grande attention à sa lecture, tant elle se montrait à la fois bourrelée d'inquiétude et plongée dans des rêves dorés. La nuit allait-elle lui apporter le veuvage qu'elle espérait ou bien l'entreprise projetée feraitelle fiasco ? Elle n'éprouvait pas de remords, estimant que son époux lui faisait mener une vie tellement épouvantable qu'en se débarrassant de lui elle ne faisait que se défendre. C'était de la légitime défense. Pour garder leur propre estime, même les pires crapules se trouvent toujours de bonnes excuses.

À l'étage, André dormait comme un bienheureux.

« Peut-être n'aurais-je pas dû attendre deux heures du matin ? Il ne faudrait pas que ce monstre se réveille. Malheureusement, il est trop tard pour demander à Paul de venir plus tôt. »

Ce modeste ouvrier n'avait pas le téléphone et il n'était pas question d'aller le chercher dans sa maison du Montel. Quelques vieilles chouettes pouvaient souffrir d'insomnie et mettre malencontreusement un œil à la fenêtre, par conséquent il fallait éviter de nombreuses allées et venues.

Enfin, l'angoissante attente se termine, exact au rendez-vous, son complice arrive. Elle lui fait enfiler des gants, puis l'embrasse fougueusement pour lui donner du cœur au ventre, car il en a vraiment besoin. Le gaillard n'a pas l'air très à l'aise. Ce grand costaud tremble comme une lavette, à moitié mort de trouille alors que, dehors, une nuit opaque, sinistrement voilée de brume, enveloppe les êtres et les choses les confondant en ombres inquiétantes. Ah qu'il regrette de s'être laissé entraîner dans cette histoire, hélas il est un peu tard pour reculer. Sa maîtresse le domine, il ne peut que lui obéir.

Tous deux montent silencieusement à l'étage. Ils n'éteignent pas dans l'escalier, mais laissent la chambre plongée dans une demi-obscurité, car on ne prend jamais assez de précautions.

– Tu vois, il dort profondément.

– Ouais.

– Bon, on y va. Tiens-toi prêt à m'assister.

Elle a bien appris sa leçon : il faut masser à la fois les globes oculaires et les artères carotides. Elle s'y emploie. Seulement ce n'est pas facile. Elle n'a que deux mains. Fiévreusement, elle fait de son mieux. Malheureusement, le cœur de ce cochon d'André continue à battre régulièrement.

« Mon Dieu, peut-être que cette méthode ne marche que sur certains sujets, sur des gens déjà malades, sur des cardiaques, ou bien n'existe-t-elle que dans l'imagination délirante du sinistre imbécile qui l'a décrite dans cette satanée revue ? »

Elle commence à paniquer :

– Je n'y arrive pas !

Elle s'énerve de plus en plus :

– Aide-moi donc au lieu de rester immobile à me regarder comme un con !

Son complice vient à son secours, maladroitement et à regret.

– Surtout vas-y mollo, il ne faudrait pas laisser des traces suspectes sur le cou qui feraient penser à un acte criminel.

Dieu, qu'il serait pourtant facile d'étrangler tout simplement cet emmerdeur, seulement ce serait une fatale erreur qui conduirait ses assassins en prison.

Maintenant complètement affolés, ils s'acharnent sur leur victime. Hélas, le cœur de celle-ci, un cœur de qualité extra, un cœur de sportif, ne songe nullement à s'arrêter de battre. Au contraire, il semble même que ce salaud se réveille !

André, plongé dans un profond sommeil, en sort pour entrer dans un épouvantable cauchemar. Il est couché, allongé sur le dos, et deux personnes cherchent à l'étrangler ; l'une appuie ses mains sur sa tête, l'autre sur son cou. Bon Dieu, ils vont le tuer ! Il éprouve beaucoup de mal à respirer. Il étouffe. Il reprend progressivement conscience, envahi par une peur terrible ; celle-ci combattant l'effet du somnifère. Il commence à se débattre, rejette drap et couvertures, bouge bras et jambes afin d'échapper à ses assassins. Dans la pénombre, il reconnaît sa femme. Que se passe-t-il ? Devient-il fou ? Solange, son épouse chérie, veut-elle attenter à ses jours ? À côté d'elle se tient un homme, un grand type costaud à l'aspect redoutable qu'il ne reconnaît pas.

Il ouvre les yeux un peu plus, hurle, gigote et se débat avec une énergie sauvage. Il n'est pas très robuste, ce gringalet, en revanche il est vif, agile, un vrai paquet de nerfs, et puis il combat pour sauver sa vie.

Paul, lui, est infiniment plus vigoureux. Avec ses quatre-vingt-cinq kilos d'os et de muscles, il pourrait facilement maintenir plaqué sur son lit ce pauvre foutriquet. Seulement encore faudrait-il qu'il le veuille vraiment, qu'il se trouve animé par la rage de tuer. Or ce n'est pas le cas. Il est là, presque contre son gré, uniquement pour obéir à sa maîtresse qui lui en impose et il n'est pas un criminel, même pas un bagarreur. Il ressemble à une grosse brute alors qu'en fait il ne s'est jamais battu contre personne, même quand il était gamin dans la cour de récréation de l'école. Ce superbe gaillard est en réalité un faible, il possède un cœur de lièvre.

Solange, elle, au contraire, veut à tout prix liquider son mari et, âme forte, elle ne recule pas devant un assassinat pour en être enfin définitivement débarrassée. Elle se montre exaspérée par la passivité de son complice :

« Bon sang, pourquoi donc cet emplâtre n'arrive-t-il pas à immobiliser cette demi-portion d'André ? »

Énervée, elle ne sait plus que faire. Elle s'agite gauchement, s'efforce encore de continuer à masser les artères carotides de cet abruti qui refuse absolument de mourir.

« Cette recette, soi-disant merveilleuse, ne vaut rien du tout. Si je tenais l'idiot qui l'a décrite ! Ce salaud m'a foutue dans de beaux draps ! Elle ne doit être efficace que chez les agonisants, chez les cardiaques qui n'ont plus qu'un souffle de vie ! »

Terrifiée, elle sent qu'elle a perdu la partie et que pour elle l'avenir s'annonce très sombre, car, elle n'en a aucun doute, son mari l'a reconnue. Que pourra-t-elle dire pour sa défense ?

André en se tortillant comme un ver parvient à se dépêtrer de ses couvertures et à sauter au bas de son lit, à échapper aux mains qui tentent de le retenir. Il veut fuir. Malheureusement, le grand type, qui sans aucun doute en veut à sa vie, se tient entre lui et la porte de l'escalier. Par chance il existe une autre issue, celle donnant à la salle de bains. Il bondit, ouvre, entre dans la pièce, puis referme le battant et tourne la clé. Il est sauvé !

Solange hurle :

– Paul, enfonce la porte, sinon nous sommes perdus !

De violents coups d'épaule ébranlent le panneau. Il ne va pas résister longtemps. Mais André n'attend pas. Il se dirige vers la fenêtre et, du premier étage, uniquement vêtu de son pyjama, saute sur le sol. Il se reçoit lourdement sur des gravillons. Ouille, ouille, ouille, Dieu que ça fait mal ! Vous pensez, il est pieds nus, l'infortuné. Il tombe, se relève en titubant, entreprend de déguerpir rapidement de crainte d'être poursuivi. Maintenant il est complètement réveillé.

Et c'est à ce moment-là qu'une voiture, les phares allumés, descendant de la route de Brousse, s'arrête devant la maison. Un homme en sort, éberlué. Il n'en croit pas ses yeux. Quel spectacle effarant !

– Bé... Bé... C'est vous, docteur ?

Découvrir son vétérinaire occupé à gambader autour de sa demeure, en légère tenue de nuit, à deux heures du matin, alors qu'il règne un froid de canard, a de quoi surprendre même le gars le plus flegmatique. Certes André Vernet passait dans la région pour être un tantinet foutraque, mais cependant pas à ce point !

– Heu... Heu... Oui.

– Qu'est-ce qui vous arrive ?

– Ah mon Dieu, mon pauvre, une sacrée histoire ! Si vous saviez !

– Quoi donc ?

En quelques mots hachés, André raconte son incroyable aventure et conclut :

– Oui, on a bel et bien essayé de me tuer !

– Non ?

– Eh si et le pire est que j'ai reconnu mon épouse au milieu des assassins.

– Vous avez fait un cauchemar.

Il travaillait trop, ce brave André Vernet, cela avait dû lui déranger un peu le ciboulot.

– Non, non et non, je vous assure que j'étais bien réveillé.

– Alors ça, c'est quelque chose ! Si j'avais cru !

Le Jean Berthon – ce sauveur providentiel s'appelle Jean Berthon et habite le village de Brousse, à environ trois kilomètres de Massiac, où il tient une trentaine de vaches laitières sur un beau domaine – n'en revient pas. Ce n'est pas la Marie-Thérèse, son excellente épouse, qui essaierait d'attenter à ses jours. Il s'en montre aussi sûr que de voir tous les jours le soleil se lever à l'est, le matin, et se coucher à l'ouest, le soir.

– C'est Dieu qui vous envoie, le remercie André, sans votre arrivée je ne sais pas ce que je serais devenu ?

– En fait, c'est plutôt la Charlotte !

– La Charlotte ?

– Oui, je vais vous expliquer. Mais, d'abord, montez dans ma bagnole, sinon vous allez crever de froid.

Faire la conversation à moitié nu, dehors, en plein hiver, n'est pas excessivement réchauffant. André grelotte, claque des dents. Ce n'est pourtant pas le moment d'attraper le mal de la mort alors que justement il vient d'échapper miraculeusement à celle-ci. Il fait pitié à voir. Il s'engouffre dans la voiture de Jean qui, bon Samaritain, fait mieux encore que saint Martin. En effet, il ne lui donne pas la moitié de sa chaude canadienne, mais celle-ci entière. Il faut dire que la couper en deux n'aurait pas été facile et comment l'utiliser après ?

– Tenez, enfilez-moi ça.

– Merci.

André ne se fait pas prier.

– Je vous disais donc que, si je suis là, c'est à cause de la Charlotte. Figurez-vous que, sur le coup de minuit, ou une heure du matin, je descends à l'étable pour pisser. Arrivé là, je me rends compte que cette bête a le mal du veau. Elle trépigne, elle a des coliques. J'attends un moment, rien ne vient. Je me savonne les mains, y passe un peu d'huile, et je pars en exploration. Je constate que tout semble être fermé. D'après moi, il s'agit d'une torsion de matrice.

– Très probablement.

– Comme mon téléphone est en dérangement, je prends ma bagnole pour venir vous chercher. Facile, puisque je reste à côté. Vous êtes le plus près de chez moi, monsieur Saupiquet habitant sur la place du foirail et monsieur Mizoule encore plus loin, sur la route d'Aurillac. Voilà ; maintenant, qu'est-ce qu'on fait ?

– Heu...

– On monte s'expliquer avec ces crapules ?

– Oh non !

André, quoique très sportif, est loin d'être un foudre de guerre. L'idée de retourner au combat, même avec l'aide de quelqu'un de robuste, ne l'enchante guère. D'ailleurs il serait vraiment curieux que ses assassins l'aient tranquillement attendu. Voyant l'affaire manquée, ils se sont sans aucun doute enfuis par l'arrière de la maison.

– Ah bon.

Le Jean Berthon, un type qui n'a pas froid aux yeux, semble presque déçu. On le comprend. Quelles belles histoires il aurait pu raconter à ses copains s'il avait réussi à maîtriser le couple de criminels ayant tenté de zigouiller leur petit vétérinaire !

– Non, conduisez-moi plutôt à la gendarmerie.

– Vous croyez ?

– Oui, c'est ce qu'il y a de mieux à faire.

– Comme vous voudrez.

– Vous me laisserez là-bas et, après, vous réveillerez mon collègue Mizoule, il est de garde cette nuit. Il ne faut quand même pas oublier cette pauvre Charlotte !

André rigole dans sa barbe.

« J'en connais un qui ne va pas hurler de joie. S'il y a une chose que cet apôtre déteste c'est de quitter son lit bien chaud, en pleine nuit, pour aller faire le guignol au cul d'une vache. En fait il n'est pas trop à plaindre. Brousse ne se trouve pas loin et l'étable de ce brave Jean Berthon est propre et correctement éclairée. S'il avait dû se coltiner un vêlage du côté d'Anzat-le-Luguet, dans un local démuni de paille et abondamment garni de bouse, cela aurait été autrement plus ennuyeux pour lui. »

– Merci encore, continue-t-il. Je vous fais perdre un temps précieux. La pauvre Charlotte vous attend et doit se demander ce que vous pouvez foutre.

– Oh, elle peut patienter un moment. Avec une torsion de matrice, il n'y a pas le feu au lac.

– Je vous rends votre canadienne ?

– Gardez-la encore un moment, bon Dieu, vous voulez prendre la mort ! Vous me la ferez passer un de ces jours.

Un sacré brave type, ce Jean Berthon ! Des comme lui, on n'en fabrique plus.

Un qui se montra très étonné, ce fut le gendarme Robert Gardy, sorti de son sommeil, à deux heures et demie du matin, par quelques coups de sonnette impératifs, quand il découvrit un des vétérinaires de la ville pieds nus et en pyjama. Il le fit entrer dans une pièce, par chance très correctement chauffée, puis asseoir, car le malheureux semblait ne pas pouvoir tenir sur ses jambes. Ensuite, il s'empressa de réveiller son chef, l'adjudant Jean-Philippe L'Héritier.

Celui-ci, un grand type costaud à la figure intelligente – seuls les imbéciles prétendent que tous les pandores sont des abrutis –, le crâne rasé de près comme tout militaire qui se respecte, était un ancien baroudeur ayant fait le coup de feu un peu partout, notamment en Algérie. Ayant commis la sottise de se marier – au contraire peut-être avait-il ainsi accompli la chose la plus sensée de son existence, sa femme, une gentille et séduisante blonde, n'étant pas de celles qui laissent les mâles indifférents ? –, il avait abandonné la mort dans l'âme rêves de gloire et campagnes enivrantes. Il s'était reconverti dans des besognes plus paisibles. Ainsi, sa douce épouse ne craignait pas tous les jours d'apprendre que son petit chéri avait trouvé un trépas glorieux quelque part dans le vaste monde. Pour lors, il commandait la brigade de Massiac.

Demeuré un homme d'action, il ne mit que peu d'instants à se vêtir et à descendre dans son bureau pour interroger un médecin des vaches en détresse. Celui-ci lui raconta sa rocambolesque aventure.

– Oui, c'est à peine croyable, mais ma femme a essayé de me tuer avec l'aide d'un complice !

« Cet homme a-t-il été réellement victime d'une tentative d'assassinat ou, en proie à un cauchemar, l'a-t-il seulement rêvé ? médita l'adjudant. Le mieux est d'aller voir sur place. »

– Bon, nous allons nous rendre chez vous.

S'adressant à son subordonné :

– Gardy, vous m'accompagnez.

Ces braves gens se promènent toujours par deux, absolument jamais seuls.

– Bien, mon adjudant.

– Et, avant de partir, tâchez donc de dégoter une paire de godasses pour Monsieur Vernet.

Celui-ci faisait pitié avec ses pieds nus, bleus de froid ; pieds nus très douloureux depuis qu'ils avaient pris un contact brutal avec un sol recouvert de gravillons. Une nuit terriblement dure pour ce pauvre homme qui n'en n'avait vraiment pas eu besoin après une épuisante journée de boulot.

Parvenus devant la maison d'André, ils en trouvèrent la porte non fermée à clé. Un grand silence régnait. Aucune lumière ne brillait. Ils entrèrent, montèrent à l'étage et pénétrèrent dans la chambre du crime, silencieuse et obscure. Ils allumèrent l'électricité. Alors, stupéfaits, ils découvrirent Solange endormie dans son lit, comme s'il ne s'était absolument rien passé.

Nos deux gendarmes pensèrent immédiatement que cette extraordinaire histoire avait été inventée de toutes pièces par quelqu'un, sans doute à la tête un peu faible et peut-être surmené par trop de travail. Quant à celui-ci, il n'en revenait pas. Sa femme avait tenté de le liquider, assistée d'une espèce d'armoire à glace à l'aspect redoutable, et, maintenant, il la voyait plongée dans un profond sommeil, paraissant être aussi innocente qu'un enfant nouveau-né. Devenait-il fou ? Il ne savait plus que penser.

Robert Gardy, un jeune gendarme, depuis peu sorti de l'école de Montluçon, avait oublié d'être bête. Il n'était pas de ces gros abrutis uniquement capables de vous demander d'un ton rogue les papiers de votre bagnole. Faisant le tour de la pièce, il remarqua que la porte donnant sur la salle de bains attenante était dans un piteux état.

– Dites donc, mon adjudant, regardez cette porte. On jurerait qu'elle a été enfoncée.

Effectivement, le panneau à moitié brisé, ainsi que la serrure en partie arrachée, montraient à l'évidence qu'un type costaud s'était acharné dessus.

« Non, notre homme n'est pas un dingue, réalisa Jean-Philippe L'Héritier. Il s'est passé ici quelque chose de pas très catholique. Mais comment se fait-il que cette dame se repose aussi tranquillement après avoir commis cette tentative d'assassinat ? La logique voudrait qu'elle ait pris la fuite. »

– Monsieur Vernet, il semble bien que vous nous ayez raconté la vérité.

– Ah, vous voyez, je n'ai rien inventé. Je n'ai pas encore perdu l'esprit.

– Il faut réveiller votre femme et lui demander quelques explications sur sa conduite on ne peut plus suspecte.

Celle-ci dormait toujours à poings fermés. Curieusement, ni la lumière ni le bruit n'avaient troublé son sommeil. Les trois hommes se rendirent compte que cela n'était pas normal. Elle était sûrement droguée. Ils aperçurent, sur la table de nuit, près d'un verre vide ayant contenu de l'eau, un flacon de somnifères complètement vide.

– Votre épouse a essayé de se suicider !

– Mon Dieu !

– Cela, fit remarquer l'adjudant, constitue un aveu. Son coup manqué, elle a tenté de se tuer. Docteur, vous avez bel et bien été victime d'une tentative de meurtre.

– Eh oui, je ne suis pas un mythomane.

– Oh, vous savez, nous autres en voyons tant que plus rien ne nous étonne. Même les personnes les plus raisonnables peuvent disjoncter un jour.

– J'aurais eu l'air fin si on ne m'avait pas cru. Je serais passé pour un déséquilibré.

– Elle respire ! Elle n'est pas morte, cria Robert Gardy, faut s'occuper d'elle et fissa !

Son mari échappé, Paul enfui, Solange avait compris que pour elle l'avenir s'annonçait terriblement sombre. Les pires ennuis allaient s'abattre sur elle : inculpation d'assassinat avec préméditation, divorce évidemment, procès en cours d'assises, longues années de prison suivies d'une existence misérable où elle serait rejetée par tous, même sans doute par ses parents, méprisée, sans un sou, avec, en prime, sa jeunesse et sa beauté envolées. Perspectives fort peu réjouissantes. Elle avait voulu parvenir au Paradis et elle se retrouverait en Enfer !

Elle ne se faisait pas d'illusions, jamais elle ne parviendrait à s'en sortir. Elle ne pourrait pas nier l'évidence. Il ne lui restait par conséquent qu'une seule chose à faire :mettre fin à ses jours. C'était facile puisqu'elle avait à sa disposition un flacon de narcotiques, celui acheté dans le but d'endormir cet insupportable André. Elle n'en avait utilisé qu'une faible partie, il en restait beaucoup. Elle fit bonne mesure, avalant la totalité des cachets, certaine ainsi de ne pas se rater.

Hélas, elle avait été découverte un peu trop tôt, son cœur battait encore. Un coup de fil au Samu, l'arrivée de celui-ci en un rien de temps, son rapide transport à l'hôpital de Saint-Flour, un lavage d'estomac, des piqûres de puissants tonicardiaques – des produits presque capables de réveiller un mort ; depuis quelques années la médecine a effectué de tels progrès que de nos jours il est pratiquement interdit à quiconque de mourir ! – et, en fin de matinée, elle se retrouva sur un lit, sous perfusion, encore légèrement patraque, mais bien vivante et parfaitement lucide.

« Ces sinistres cons m'ont sauvée. Ils auraient pu me demander mon avis. Ma pauvre, les heures qui arrivent ne vont avoir rien de drôle ! »

Chapitre IX

DANS L'APRÈS-MIDI, Solange reçut la visite qu'elle redoutait, celle de deux gendarmes. Ils ne venaient sûrement pas lui apporter des fleurs et lui souhaiter des vœux de prompt rétablissement.

– Adjudant Jean-Philippe L'Héritier, Madame, nous sommes venus vous poser quelques questions.

– …

– Votre mari affirme que, la nuit dernière, vous avez tenté de l'assassiner.

– Hein !

– Oui, catégoriquement.

– Il est fou !

– Pourtant, confirmant entre autres ses déclarations, nous avons trouvé la porte séparant votre chambre de la salle de bains enfoncée.

– Oh, cela date de vieux et, par négligence, nous ne l'avons pas encore fait réparer.

– Une porte ne s'enfonce pas comme ça. Que s'est-il donc passé ?

– C'est en déplaçant un gros meuble, notre armoire, que l'accident est arrivé.

– Je veux bien vous croire, cependant une chose me chiffonne : pourquoi ce suicide juste après cette tentative de meurtre que vous niez ?

– En fait cela faisait déjà longtemps que j'envisageais de mettre fin à mes jours tellement je m'ennuyais. Mon mari est constamment au boulot et quand, par extraordinaire, il reste à la maison, il ne parle que de son métier. Il refuse toujours de sortir pour s'amuser. Un véritable bonnet de nuit. J'en avais ras le bol. Je ne pouvais plus le supporter.

– Il fallait divorcer.

Aïe ! Aïe ! Aïe ! Comment expliquer à ces flics de malheur que, si elle s'était mariée avec cette andouille de vétérinaire, ce n'était pas pour se retrouver un jour sans un rond ? Elle ne l'avait épousé que pour son fric.

– Il ne l'aurait sûrement pas accepté.

– Il ne pouvait pas vous empêcher de le quitter. Nous ne sommes plus au Moyen Âge !

– Ça aurait fait plein d'histoires, des histoires à n'en plus finir. Tout le monde se serait ligué contre moi, mes parents les premiers ; ils auraient été absolument furieux. Alors, voyez-vous, c'était tellement plus simple de se réfugier dans la mort.

– À votre âge ! Madame, c'est bien difficile de vous croire.

– C'est pourtant la vérité, je vous le jure !

– Permettez-moi d'en douter.

– Et puis quand j'ai réalisé que mon mari était non seulement assommant, mais aussi complètement fou, quand je l'ai vu sortir de son lit en hurlant de terreur comme s'il avait aperçu le Diable et se jeter dehors par la fenêtre, en pyjama, pieds nus, j'ai été exaspérée à tel point que j'ai décidé de passer à l'acte.

– En somme, la goutte qui a fait déborder le vase.

– C'est ça, c'est exactement ça.

« Est-ce que ces sinistres cons vont avaler mes bobards ? rumina Solange, je n'ose l'espérer. Ce serait trop beau. »

– Et cet homme que votre mari affirme avoir vu à vos côtés ? Qui est-ce ?

– Il a rêvé, j'étais seule avec lui.

– En somme, d'après vous, il a tout inventé.

– Oui, absolument tout.

– C'est invraisemblable. S'il n'y avait eu que vous dans votre chambre, il n'aurait pas eu peur au point de s'enfuir par la fenêtre.

– Pourquoi pas ? Il se trouvait encore en plein cauchemar.

– C'est vraiment bizarre.

– Pas tant que ça et puis il faut que je vous dise que j'avais un couteau à la main.

– Un couteau !

– Oui, comme je ne parvenais pas à m'endormir, je lisais.

– Il vous faut un couteau pour lire !

– Ben oui, pour couper les pages de mon livre[1].

– Nous ne l'avons pas découvert dans votre chambre, ce couteau.

– Avant de prendre des somnifères, je suis descendue le ranger dans la cuisine.

---

1 Les lecteurs âgés de plus de cinquante ans comprendront la chose.

– Vous nous racontez n'importe quoi !

– Mais non, la vérité simplement.

– Bon, nous enregistrons vos dires, mais nous allons poursuivre notre enquête. Attendez-vous, Madame, à nous revoir bientôt.

Solange était loin d'être sortie de l'auberge et puis, même si les gendarmes la dédouanaient, croyant à ses mensonges – peut-être n'étaient-ils pas très malins ? –, avec André ce ne serait pas aussi simple. Lui savait pertinemment qu'il n'était pas fou et qu'il n'avait pas rêvé. Comment allait-il réagir lorsqu'ils se retrouveraient tous deux dans leur maison ? Comment parviendrait-elle à lui expliquer sa conduite ?

– Mon adjudant, elle nous a raconté des craques, cette bonne femme !

– Sûrement, je n'ai pas cru un mot de ses salades.

– Qu'est-ce qu'on fait maintenant ?

– Nous allons tenter de mettre la main sur cet homme mystérieux en espérant qu'il se montrera coopératif.

– Faut le souhaiter, car elle était sacrément coriace, cette dame !

– Afin qu'il se mette à table gentiment, nous lui affirmerons que sa complice a fait des aveux complets.

Procédé vieux comme le monde, aussi ne saurait-on trop recommander à un criminel d'agir toujours seul. C'est une précaution élémentaire.

Le lendemain matin, nos deux gendarmes arpentèrent le quartier du Montel en quête de celui qui, assurait André, avait essayé de le tuer en compagnie de sa femme. Il leur fut inutile de chercher très longtemps, en effet ils tombèrent, assez rapidement, sur la charmante Mélanie Farraire. Celle-ci était plongée dans une douce euphorie depuis qu'elle avait appris la terrible mésaventure arrivée à son voisin, le vétérinaire. Une tentative d'assassinat, une épouse sans doute criminelle, elle ne pouvait pas rêver mieux ! Une chatte placée devant un bol de crème ne se serait pas montrée plus heureuse !

– Bonjour Madame.

– Messieurs.

– Vous habitez à côté des Vernet ?

– Je pense bien ! Je suis leur plus proche voisine.

– Peut-être, alors, pourrez-vous éclairer notre lanterne ?

– Je ne demande que ça.

– Bon. Monsieur Vernet affirme que deux personnes ont essayé de le tuer, sa femme et un homme. Avez-vous une idée sur l'identité de celui-ci ?

– Oh oui ! Pour ça oui ! Je connais ce sale type.

– Vous êtes sûre?

– Ma tête à couper !

– Qui est-ce ?

– C'est le Paul Levet.

– Il est de par ici ?

– Il habite au Montel avec son épouse et ses deux gamins.

– Que fait-il dans la vie ?

– Il travaille à la Cymaro.

– Et, d'après vous, il serait le complice de Madame Vernet.

– Évidemment !

– Pourquoi évidemment ?

– Ce lascar couche avec la Solange depuis déjà un sacré bout de temps !

– Comment le savez-vous ?

– Oh, j'ne les ai pas vus faire ensemble leurs saletés, toutefois, pratiquement tous les soirs, la dame part en voiture et, quelques minutes après, j'aperçois la bagnole du matou, une vieille 2CV, qui s'en va dans la même direction et, croyez-moi, ils ne doivent pas se retrouver pour dire ensemble leur chapelet !

– Ah.

– Dans le coin, tout le monde est au courant, sauf ce pauvre monsieur Vernet, quelqu'un de bien estimable qui ne méritait pas ça, le malheureux ! Oh cette affaire est simple, ces deux saligauds ont voulu se débarrasser d'un mari gênant.

Quel plaisir de pouvoir enfoncer un homme et une femme qui goûtaient aux divines joies de l'amour ! Quel infini plaisir pour cette laissée-pour-compte qui n'avait jamais connu celles-ci. Un jour à marquer d'une pierre blanche !

– Madame, nous vous remercions de vos renseignements.

– Oh, je n'ai fait que mon devoir.

Elle détestait l'ensemble des mâles, ces fumiers qui avaient craché sur ses appas, néanmoins, dorénavant, elle ferait une exception pour ces deux charmants gendarmes.

– Mon mari n'est pas là, les informa la petite Chantal.

– Où se trouve-t-il ?

– Il est au boulot.

– Il ne rentre pas à midi ?
– Non, il emmène sa gamelle.
– Quand donc pourrons-nous le rencontrer ?
– Ce soir, à partir de cinq heures.
– Bon, nous reviendrons.

Ils partirent en laissant une jeune dame très perplexe. Pourquoi donc les gendarmes désiraient-ils voir son époux ? L'infortunée savait bien que celui-ci la trompait continuellement, mais elle ignorait que c'était avec Solange. Une personne de la Haute, cela lui paraissait absolument impossible. Voyons, chacun à sa place !

– On ne va pas plutôt l'interroger sur son chantier, mon adjudant ?

– Non, nous attendrons ce soir.

– Ne craignez-vous pas qu'il nous file entre les pattes ? Ce zèbre ne doit pas avoir la conscience trop tranquille.

– C'est un risque à courir, c'est vrai, seulement s'il joue à la fille de l'air, cela constituera un aveu de sa part et nous le retrouverons toujours. Il n'est pas un type du Milieu, pas un gangster chevronné. Ce doit être un pauvre diable. Où voulez-vous qu'il aille ?

Terriblement inquiet le Paul s'attendait à la visite des gendarmes, aussi ne se montra-t-il pas surpris quand, dès son retour du travail, il les vit débarquer chez lui ; pas surpris, mais très embêté, les ennuis commençaient.

– Vous savez que monsieur André Vernet a failli être assassiné avant-hier, vers les deux heures du matin ?

– Ouais, j'l'ai appris.

– Il accuse sa femme et un homme qu'il a vu à côté d'elle.

– Ah.

– Or le bruit court dans le pays que vous couchez avec celle-ci.

– C'n'est pas un crime !

– Certes, cependant cela nous conduit à penser que vous êtes cet homme mystérieux.

– C'n'est pas moi ! J'n'ai rien fait !

– Où donc étiez-vous, cette nuit-là ?

– Ben ici, dans mon lit, je dormais. Vous pouvez demander à ma femme.

– Vous le dites, seulement, figurez-vous que quelqu'un vous a vu pénétrer chez monsieur Vernet, à l'heure du crime.

Un enquêteur doit savoir mentir avec une belle assurance.

– C'est impossible !

– Pourtant notre témoin l'affirme et il est digne de confiance.

– Qui c'est ce con ?

– C'est moi qui pose les questions, pas vous ! D'ailleurs, autant que vous le sachiez, votre complice, madame Vernet, nous a tout avoué.

Solange ne s'était pas mise à table, elle avait nié avec une belle énergie toute participation à une soi-disant tentative d'assassinat ; mais il faut savoir prêcher le faux pour obtenir le vrai.

– ...

Paul sentit se lever le vent de la défaite. Pour lui les carottes étaient cuites. Âme simple, pas un instant il ne songea que les gendarmes lui racontaient des craques. Plus intelligent il aurait su, qu'innocent ou coupable, on ne doit jamais avouer, si l'on veut garder une chance d'échapper à la Justice. Les jambes flageolantes, cette grande brute ne faisait pas le fier. Il était foutu et allait passer de longues années en prison, privé de sa raison de vivre, privé de sa ration quotidienne d'amour. Quand enfin il en sortirait, il serait devenu un vieillard impuissant. Il en aurait pleuré. Il en avait fait une belle en acceptant d'aider sa maîtresse dans son projet criminel et insensé, certes en traînant les pieds, mais, malheureusement, il l'avait quand même secondée. Oh pas beaucoup, s'il l'avait vraiment voulu, l'André Vernet ne s'en serait pas tiré aussi facilement. Seulement comment le faire admettre à ces sacrés gendarmes ? Et pourquoi donc cette garce de Solange avait-elle mangé le morceau ? Pourquoi avait-elle reconnu son crime ? Ce n'était vraiment pas fort de sa part. Il la croyait plus maligne.

– Alors, mon gaillard, il ne te reste qu'une seule chose à faire : nous dire la vérité, d'autant plus que cela te vaudra l'indulgence du tribunal.

Procédé vieux comme le monde et très efficace.

– Tu te décides ?

– Ouais.

– Tu reconnais être entré dans la maison de monsieur André Vernet et d'avoir essayé de l'assassiner ?

– Oh, j'n'ai pas fait grand-chose !

Puisque cette salope de Solange l'avait mis dans le bain, il n'allait pas la ménager. C'était elle qui avait tout manigancé, qui avait tout accompli. Lui, quasiment simple figurant, s'était borné à la regarder faire. Dans le fond, ce pauvre ballot d'André Vernet lui devait la vie !

– Pas grand-chose ?

– Ben oui. Il n'est pas mort, votre homme ! Or, si j'avais vraiment voulu le zigouiller, vous pouvez me croire, j'l'aurais étranglé en un rien de temps, ce mal foutu !

– Tu l'as quand même immobilisé dans son lit.

– Bof, j'ai fait semblant, tout au plus.

– Oh !

– Eh oui, autrement il n'aurait pas réussi à se carapater. Bon Dieu, regardez mes poignes !

Les deux enquêteurs cherchaient à comprendre ce qui s'était réellement passé cette nuit-là. André Vernet avait évoqué des mains qui lui écrasaient maladroitement les globes oculaires et le cou. Qu'avait cherché à faire son épouse ? Si elle avait voulu étrangler son mari, pourquoi n'y était-elle pas parvenue ? Deux personnes contre une seule, à moitié endormie et empêtrée dans ses draps, ce n'était pourtant pas la mer à boire ! Ce fut Paul, devenu très coopératif, pour minimiser son rôle dans cette histoire, qui leur expliqua l'affaire :

– Elle voulait tuer son mari en réalisant un crime parfait afin de ne pas se retrouver en prison et aussi pour toucher l'assurance-vie du bonhomme.

– Juteuse, cette assurance ?

– Elle m'a parlé d'un million de francs.

– Bigre !

– Eh oui.

– Et comment comptait-elle s'y prendre ?

– Paraîtrait que le cœur s'arrête quand on masse en même temps les yeux et les artères du cou.

– Ainsi pas de trace, la mort semble naturelle.

– Voilà ! C'était son truc.

– Et cela n'a pas marché ?

– Ben non.

– Cela ne m'étonne guère. Cette méthode me paraît drôlement farfelue. Je me demande où elle a bien pu pêcher ça ?

– C'est son mari qui le lui a expliqué.

– Son mari !

– C'est ce qu'elle m'a dit.

– Alors là, c'est la meilleure ! La victime qui pousse la complaisance jusqu'à indiquer à son assassin comment il doit s'y prendre !

Jean-Philippe L'Héritier et Robert Gardy commençaient à s'amuser. Ils étaient tombés sur un prévenu comme il en faudrait beaucoup, un prévenu bavard, ne demandant qu'à collaborer avec eux. L'atmosphère était devenue beaucoup plus cordiale.

– Vous comprenez que j'aurais très bien pu l'empêcher de foutre le camp, ce gars, si je m'en étais donné la peine.

– Et la porte de la salle de bains ?

– Bof, j'ai pris tout mon temps pour l'enfoncer afin de lui permettre de sauter par la fenêtre.

– Vraiment ?

– Eh oui. Moi, j'lui voulais pas de mal à ce foutriquet de véto. Au contraire, j'l'aimais ce mec, y me prêtait sa femme !

– Finalement, il peut te remercier, c'est grâce à toi qu'il se trouve encore en vie.

– Vous l'avez dit !

– Tu pousses pas un peu ?

– Oh non.

– Tu n'voudrais pas la légion d'honneur, par hasard ?

– Quand même pas.

Paul avait si remarquablement plaidé sa cause qu'il sentit le vent tourner. Un instant il espéra qu'il allait sortir de cette ténébreuse affaire blanc comme neige. Malheureusement, il se faisait quelques illusions. Certes nos deux gendarmes sentirent qu'il y avait beaucoup de vrai dans ses allégations. Néanmoins il avait participé peu ou prou à une tentative d'assassinat. Il n'avait pas empêché sa diabolique maîtresse d'essayer de tuer son époux et, si la méthode employée, au lieu d'être complètement fantaisiste, avait marché, à cette heure celui-ci serait mort et sa veuve toucherait un pactole.

– Eh bien, mon gars, tu t'expliqueras avec le juge d'instruction, tu lui donneras tous ces détails. En attendant, nous t'embarquons et tu n'as pas de soucis à te faire pour le vivre et le couvert dans les jours à venir. L'administration pénitentiaire y pourvoira.

– Vous me foutez en taule !

– Évidemment. Fallait réfléchir un peu avant de jouer au con !

– Mais il n'est pas mort, le type !

– Certes, seulement il s'en est fallu de peu.

– Et ma femme ? Et mes gosses ?

– Fallait y penser avant.

– Ah bon Dieu de bon Dieu, si j'avais su !

– Oh, d'après ce que nous avons entendu dire dans le pays, tu ne te souciais pas trop de ton épouse. T'étais pas le mari modèle !

Le malheureux Paul dut abandonner son domicile et partir, encadré par deux gendarmes, en direction de la prison d'Aurillac, laissant la pauvre Chantal en larmes, désespérée de le voir les menottes aux poignets. En dépit de sa conduite indigne, elle l'aimait ; en outre elle se demandait avec angoisse ce qu'elle allait devenir, maintenant seule, sans doute pour un sacré bout de temps. Comment parviendrait-elle à nourrir ses deux enfants ?

– Au tour de la dame, mon petit Gardy.

– Son complice ayant avoué, ce sera du gâteau.

Le lendemain matin, alors que complètement guérie elle s'apprêtait à quitter l'hôpital, Solange reçut une deuxième visite des gendarmes. Elle s'y attendait, il aurait été trop beau qu'elle se trouve sortie d'affaire. Elle ne fut donc pas surprise, mais, évidemment, terriblement ennuyée.

– Madame, nous connaissons la vérité depuis hier soir, Paul Levet a fait des aveux complets.

– Non !

– Eh si, d'ailleurs il aurait pu difficilement nier, votre liaison avec lui étant de notoriété publique.

– C'est vrai, je trompais mon mari, mais, que je sache, cela ne constitue pas un délit, du moins en France. Nous ne sommes pas en Arabie Saoudite. Chez nous, les femmes adultères ne sont pas lapidées !

– Certes, seulement vous ne vous êtes pas contentée d'avoir un amant, vous avez essayé en plus de vous débarrasser d'un mari gênant.

– C'est faux !

– Pourquoi vous obstinez-vous à nier l'évidence ? Ce comportement est insensé, car nous avons le témoignage de votre époux, celui de Paul Levet et, en plus, votre suicide. Tout, absolument tout, vous accuse.

– Bof, Paul est un simple, il n'est pas très malin. Vous l'avez tellement intimidé que vous lui avez fait dire ce que vous vouliez qu'il dise. Ses prétendus aveux n'ont aucune valeur. On connaît les méthodes de la police ! Quant à mon mari, ce pauvre homme vous a raconté ce qu'il croyait être la vérité, mais qui n'était en fait qu'un cauchemar. Je vous l'ai déjà dit hier.

Elle se défendait bec et ongles. Si ces salauds de flics se figuraient qu'elle allait se confesser à eux bien sagement, ils se mettaient le doigt dans l'œil. Elle était d'une autre trempe que son amant. Du reste, si celui-ci ne s'était pas montré si pusillanime, si lent, si maladroit, ils n'en seraient pas là tous les deux ; André serait mort. C'était à cause de ce sacré imbécile que l'affaire avait foiré lamentablement et, maintenant, il racontait bêtement la vérité au premier gendarme venu. Il était costaud, faisait l'amour remarquablement, mais Dieu qu'il était con !

– Vos dénégations ne nous abusent pas. Vous êtes coupable, c'est une certitude. Par conséquent nous vous inculpons de tentative d'assassinat. Vous aurez toute latitude de vous expliquer avec le juge d'instruction et cela m'étonnerait beaucoup que vous parveniez à lui faire avaler vos mensonges.

Ainsi, bien qu'elle ait continué à clamer son innocence, Solange partit elle aussi à la prison d'Aurillac. Quelle honte pour elle d'avoir à traverser les couloirs de l'hôpital de Saint-Flour, menottée, entre deux gendarmes, sous les regards curieux d'une foule de gens qui, évidemment, allaient s'empresser de raconter cette histoire palpitante à leurs bons amis. Bientôt l'ensemble de la région, de la Planèze au Brivadois, saurait que la belle madame Vernet se trouvait incarcérée, accusée d'avoir voulu tuer son mari.

Toutefois elle gardait encore un peu d'espoir. Tout n'était pas encore définitivement perdu. Il lui restait une dernière ressource. En effet, André l'aimait passionnément. Il tenait à elle. Aussi, en dépit de sa faute, en dépit de son crime, ne voudrait-il pas qu'elle soit trop sévèrement punie. Il aurait pitié de celle qu'il adorait. Pour lui éviter la prison préventive, un procès en cour d'assises, puis une lourde condamnation, il ne porterait pas plainte. De cette façon l'action de la Justice se trouverait éteinte.

Par conséquent elle décida de lui envoyer une lettre de repentir. Elle reconnaîtrait tous ses torts. Elle affirmerait qu'elle avait été victime d'une minute de folie et jurerait que, s'il lui pardonnait, elle se montrerait dorénavant d'une sagesse exemplaire, qu'elle serait une épouse modèle, attentionnée, aux petits soins. N'avaient-ils pas été heureux ensemble ? Ce bonheur ne pouvait pas être brisé par un seul moment d'égarement !

« Ce pauvre André est tellement ballot que je parie que dans quelques jours c'est lui qui viendra me chercher à Aurillac, me sortira de taule et m'ouvrira ses bras ! Les hommes sont si bêtes ! »

C'est vrai, il est donc nettement préférable pour une dame d'être une séduisante sirène plutôt qu'une vieille horreur moche comme trente-six poux.

Chapitre X

EFFECTIVEMENT ANDRÉ, âme pure, doté d'une grande naïveté, ne voyait le mal nulle part et il se trouvait d'autant plus prêt à pardonner à son épouse coupable qu'il l'aimait toujours passionnément. Cet amour avait résisté au mariage, à leur cohabitation, aux trivialités de la vie quotidienne ; et ce malgré leur profonde divergence de goûts, malgré la déception qu'il avait éprouvée en constatant combien ses aspirations étaient différentes des siennes. Mais il n'était pas seul.

D'abord, afin que la procédure puisse suivre normalement son cours, Jean-Philippe L'Héritier usa de toute son influence pour le convaincre de ne pas se montrer d'une indulgence, dans ce cas totalement injustifiée. Dès son retour de Saint-Flour, il lui demanda de passer à la gendarmerie.

– Excusez-moi de vous déranger, mais j'avais absolument besoin de vous pour mon rapport.

– Je peux bien vous consacrer quelque temps, aujourd'hui mes deux collègues m'ont donné congé.

Après une pareille mésaventure, c'était la moindre des choses.

– Bon, allons-y. Évidemment il vous faut déposer plainte.

– Vous croyez ?

– Naturellement. Que diable, vous êtes passé à deux doigts de la mort ! On a tenté de vous tuer !

– C'est vrai.

– Vous ne pouvez quand même pas laisser impunis deux assassins !

– Je suis encore vivant.

– Uniquement à cause de leur maladresse.

– Ne pourrions-nous pas éviter un engrenage judiciaire long et très pénible ?

– Eh non.

– Pourquoi ?

– Parce que, voyez-vous, ce serait la porte ouverte à tous les crimes, par conséquent une faute grave contre la Société.

– Ah bon, si vous le dites.

– Je crois bien que je le dis ! Tenez, nous allons rédiger votre plainte contre madame Vernet et monsieur Paul Levet. Ensuite, vous la signerez.

Notre gendarme se mit à taper sur sa machine à écrire. Il n'allait pas laisser tourner en eau de boudin cette superbe affaire qu'il avait magistralement élucidée ; une superbe affaire au bout de laquelle se profilait, sans aucun doute, un galon d'adjudant-chef. Pour une fois qu'il pouvait se mettre sous la dent quelque chose d'intéressant dans ce petit coin du Cantal désespérément tranquille, où seule une querelle entre ivrognes venait pimenter, de temps à autre, le train-train quotidien, il aurait été imbécile de ne pas en profiter.

Solange resterait en prison et passerait en cour d'assises.

De retour chez lui, André tomba sur ses parents accourus à Massiac pour le soutenir, dès que leur fils leur avait appris la terrible mésaventure qui lui était arrivée ; des parents absolument bouleversés.

– Dire que nous la trouvions si charmante !

– Si bien élevée !

– Si gentille !

– Ah, elle nous a joliment trompés, cette petite garce !

– Et, maintenant, que vas-tu faire, mon pauvre enfant ?

– J'ne sais pas. Les gendarmes tiennent absolument à ce que je porte plainte contre elle. Ils m'ont presque forcé la main. J'avoue que j'hésitais un peu et je me demande si je n'ai pas eu tort de leur céder.

– Tu plaisantes ! s'écria son père

– Cette pauvre Solange a sans doute été victime d'un instant de folie. Au lieu de l'enfoncer, peut-être vaudrait-il mieux lui tendre une main secourable ?

– Tu divagues complètement, mon garçon ! s'exclama sa mère.

Pourtant cette excellente dame était une fervente catholique. En dépit de l'évolution des mœurs et de la baisse continuelle de la pratique religieuse, elle continuait à se rendre régulièrement à la messe dominicale, à se confesser, à communier, à obéir aux commandements de l'Église. Or Jésus-Christ ne nous a-t-il pas dit que nous devons pardonner à ceux qui nous ont offensés, que si on nous frappe la joue gauche, il nous faut tendre la joue droite. André le lui rappela timidement.

– Tu es complètement cinglé. Il y a des limites à l'indulgence.

– Ah.

– Mon pauvre ami, si tu passes l'éponge, cette personne va se croire désormais tout permis. Tu peux être sûr qu'elle recommencera. Une faiblesse de ta part serait coupable. Ce serait encourager les bandits, ce serait les inciter à faire régner la terreur au détriment des honnêtes gens.

La différence de point de vue entre le fils et la mère s'expliquait aisément : l'un couchait avec Solange, il l'avait dans la peau, et, naturellement pas l'autre ! Quoi qu'il en soit cette femme n'avait pas vraiment tort. Si la peur du gendarme et de la prison ne maintenait pas la plupart d'entre nous dans le droit chemin, la loi de la jungle s'instaurerait partout, ce qui ne rendrait pas l'existence excessivement plaisante.

– Et, d'ailleurs, ajouta monsieur Vernet, tu passerais, aux yeux de tes clients, de tes voisins et de tes amis pour un fieffé imbécile.

Ce fut certainement cet argument qui décida vraiment André. Il avait ses faiblesses. Pourvu d'un complexe d'infériorité gros comme une montagne à cause de son piètre physique, il était, infiniment plus que quiconque, sensible à l'estime des autres. Pour qu'il se trouve à l'aise, il fallait que ceux-ci l'admirent, le considèrent comme un homme remarquable, comme un vétérinaire de premier ordre et non pas comme une sinistre andouille. Il ne voulait pas être plaint, mais envié. Il n'était pas de ces hommes forts qui méprisent l'opinion publique, au contraire, il s'y montrait très attaché.

– Vous avez sans doute raison.

– Je pense bien !

– Ma pauvre Solange.

– Elle a ce qu'elle mérite. Ne va pas pleurer sur son sort.

– Je tâcherai.

– Et, maintenant, tu vas nous faire le plaisir de divorcer rapidement de cette garce.

André tomba des nues. Ses parents, ces deux fervents chrétiens, lui demandaient de rompre son mariage, alors qu'ils lui avaient toujours appris que celui-ci ne pouvait être brisé que par la mort d'un des deux époux.

– Divorcer !

– Évidemment divorcer ! Tu ne veux quand même pas garder pour femme une personne qui, non seulement t'a indignement trompé, mais, en plus, a essayé de t'assassiner ! Ce serait passer les bornes de la stupidité !

– Mais la religion ?

– La religion ! La religion ! Bien sûr, toutefois il y a des limites.

– Ah bon.

– Et ensuite, quand de l'eau aura passé un peu sous les ponts, tu te remarieras et, cette fois, avec une jeune fille de toute confiance.

– Me remarier !

– Tu veux rester seul ta vie durant ?

– Ben non, ce serait un peu tristounet.

– Tu vois bien.

Solange était définitivement rejetée.

– Et puis, continua monsieur Vernet, ta mère et moi espérons que tu nous fabriqueras des petits-enfants.

Désir on ne peut plus légitime. Ces braves gens, intelligents et tout à fait dans l'esprit de leur époque, se rendaient compte qu'il est idiot d'obéir aveuglément à des interdits, sans doute valables hier, mais, aujourd'hui, complètement obsolètes. Leur infortuné fils n'allait pas vivre dans une désespérante solitude le reste de son existence parce qu'il avait eu la malchance d'épouser une épouvantable vipère. On ne peut que leur donner raison.

Ils allaient se mettre en chasse afin de dénicher une nouvelle épouse à ce pauvre André, une épouse appartenant de préférence à leur milieu social. Une jeune bourgeoise, élevée sévèrement et chrétiennement à Saint-Alyre, offrirait toutes les garanties de sécurité souhaitables et, pourquoi pas, une dot convenable. Les bonnes vieilles recettes et les mariages judicieusement arrangés par des parents prévoyants sont encore les meilleurs, pensaient-ils.

Le moins que l'on puisse dire est que, de ce côté-là, ils n'étaient pas tellement modernes ! Seulement leur fils était si bête, si naïf, que lui laisser faire seul le choix de sa future compagne aurait été de la dernière imprudence. On avait vu ce qu'avait donné son premier essai !

Puis, curieusement, ce fut au tour des Boudon d'inciter leur gendre à ne pas se montrer d'une faiblesse ridicule. André eut la surprise de les voir débarquer chez lui, à peine ses parents étaient-ils rentrés à Royat.

– Ah, mon pauvre garçon, quelle histoire ! s'écria son beau-père en lui serrant affectueusement la main.

– J'en suis toute tourneboulée, gémit sa femme, en l'embrassant. Tu ne nous en veux pas au moins ?

– Vous en vouloir ? Pourquoi donc ?

– De t'avoir donné cette épouvantable peste, pardi !

– C'n'est pas de votre faute.

– Jamais nous ne l'aurions crue capable d'une pareille abomination. C'est pas croyable. Pense donc, elle était première au catéchisme !

Le moins que l'on pouvait dire était que cette belle enfant avait beaucoup changé depuis sa chaste et pure enfance !

– Elle a dû devenir folle.

– Et puis c'est cet horrible Paul qui l'a poussée au mal, puis au crime.

Le malheureux ne se trouvait pas là pour rétablir la vérité.

– Crois bien que nous la renions.

– Oui, nous n'avons plus de fille !

– Oh !

– En revanche, nous espérons que tu te considéreras encore comme notre fils.

D'une profonde honnêteté, n'ayant jamais causé le moindre tort à quiconque, ces excellentes gens n'en revenaient pas d'avoir enfanté un pareil monstre. Ah, il n'était pas question d'accorder un quelconque pardon à cette salope qui avait déshonoré sa famille. Certes pas. Elle ne méritait peut-être pas la mort, mais, au moins, l'emprisonnement à perpétuité. De quels yeux maintenant allaient être regardés les pauvres Boudon ? Ils n'oseraient plus sortir de chez eux, plus se rendre aux marchés, plus au foires. Leur vie était brisée.

André, très ému par leur détresse, leur assura qu'il les regarderait toujours comme ses beaux-parents.

– Vous n'êtes pas responsables des fautes de votre fille.

– Tu es un bon gars et si tu as besoin de quelque chose, n'hésite pas.

– Merci.

– Pour casser la croûte, chez nous la table sera toujours mise pour toi.

C'était gentil de leur part. Cependant André réalisa qu'aller prendre ses repas, midi et soir, à Molèdes, ne serait pas très pratique. Vingt-cinq kilomètres pour y aller, vingt-cinq pour en revenir. Bigre, la journée y aurait passé ! Sans compter que l'essence est fort loin d'être un fluide gratuit !

Comment ne pas comprendre l'attitude des Boudon. Tout d'abord, ils appréciaient beaucoup la gentillesse et la simplicité de leur gendre. Ce fils de bourgeois, de gens de la Haute, ne faisait pas le fier comme ils auraient pu le craindre. Ensuite, il se montrait bougrement utile. Eh oui, quand on tient une cinquantaine de vaches laitières et un bon nombre d'élèves, on a toujours quelque chose à montrer au vétérinaire et on hésite beaucoup moins lorsque celui-ci ne se fait pas payer. Pas plus tard qu'il y avait une quinzaine de jours, alors qu'André, passant par Molèdes, s'était arrêté pour les saluer, son beau-père lui avait montré une douzaine de doublonnes.

– J'ai un petit problème avec ces bêtes.

– Lequel ?

– Elles viennent tout juste de rentrer de l'estive. Elles ont passé la belle saison dans une « montagne » que je loue du côté de Parrot, dans la commune d'Anzat-le-Luguet. Or, là-haut, il y avait sûrement des taureaux qui, les sacrés lascars, ne demandaient pas d'autorisation pour faire leur petite affaire avec les femelles en chaleur.

– Je comprends, vous avez peur qu'elles ne soient pleines.

– C'est ça et, à leur âge, c'est trop tôt. Tu penses, même pas deux ans !

– Le vêlage risquerait de ne pas être commode.

– En plus cela nuirait à leur croissance. Donc j'aimerais bien que tu les regardes.

– Et que je les fasse avorter[1], si besoin.

– Voilà, si tu as le temps.

– D'accord, allons-y, aujourd'hui, je ne suis pas à la bourre.

---

1 Avec les vaches, on n'encourt pas les foudres de l'Église quand on transforme des embryons de veaux en petits anges. Seuls les humains, prétendent les curés, possèdent une âme immortelle ; tous les autres êtres vivants en étant dépourvus. Mais qu'en savent-ils ? Affirmer de façon péremptoire ce qu'on ignore absolument n'est pas le fait de types très intelligents. Quoi qu'il en soit, grâce à cette prétendue supériorité de notre espèce, les vétérinaires n'avaient pas eu besoin d'attendre l'excellente Simone Veil pour se livrer, en toute impunité, ainsi que sans aucun état d'âme, à cette « atrocité », à ce « crime monstrueux » qu'est l'avortement pour certains individus.

– Je vais te chercher un seau d'eau chaude, un morceau de savon et une serviette.

André entreprit des fouilles rectales sur ces petites jeunesses qui avaient peut-être batifolé un tantinet trop tôt. Toutes s'avérèrent être pleines. Il sentit nettement leur utérus anormalement gonflé. Ensuite, afin que soient expulsés les fœtus indésirés, il chercha les ovaires de leur mère et, en serrant à travers la paroi de l'intestin celui porteur du corps jaune gravidique[1], il fit sauter ce dernier. L'opération est complètement indolore et ne génère pas d'hémorragie interne, mis à part quelques cas absolument exceptionnels.

– C'est fait, vous pouvez être tranquille.

– Merci, mon gars. Je les ferai saillir dans cinq à six mois pour qu'elles vêlent aux alentours de leurs trois ans. Tu m'as rendu un fier service.

– Ce n'était pas grand-chose.

– C'est toi qui le dis, mais tes deux chers collègues, qui ne font pas l'amour à l'œil, certes m'auraient consenti un prix de gros, cependant l'addition aurait été quand même assez salée. Si tu as encore trois minutes, passe à la maison dire bonjour à la patronne.

Ce brave homme ne lui proposa pas un canon puisqu'il le savait sobre comme un chameau.

Il n'y a pas mieux pour un éleveur que d'avoir un gendre vétérinaire rural. Avant de se livrer à des galipettes coupables et surtout de tenter de tuer cet

---

1 Corps de la grosseur d'une noisette, qui se forme dans l'ovaire des femelles mammifères, après la libération de l'ovule. Il fait fonction de glande endocrine, secrétant la progestérone. Sa disparition entraîne l'avortement.

homme infiniment précieux, cette foutue salope de Solange aurait pu y penser. Ah, la garce !

André vit partir les Boudon un peu rassurés. Il avait insisté :

– Je me comporterai comme auparavant en gendre attentionné. Vous n'êtes pas responsables des errements criminels de votre fille, par conséquent vous n'aurez pas à en subir les conséquences.

« Eux aussi, pensa-t-il, ne pensent pas une seconde à prendre la défense de Solange. Puisque tout le monde me dit la même chose, je serais un idiot de me montrer indulgent et de pardonner. C'est très triste, mais il me faut dire un adieu définitif à cet amour qui remplissait mon cœur depuis bientôt cinq ans. Heureusement, il me reste mon métier, l'estime et même l'amitié de mes clients, et puis, peut-être, un jour, vais-je retrouver le bonheur ? J'ai à peine plus de trente ans, bon Dieu, ma vie n'est pas encore terminée ! »

Il se doutait d'ailleurs que sa digne mère allait s'employer activement à lui dénicher une nouvelle épouse bien sous tous rapports.

Cependant, en attendant ces lendemains qui chantent, il se rendit compte, ses parents une fois repartis dans leur villa de Royat, que son existence solitaire ne serait pas excessivement amusante. Son travail lui prenant entre quatre-vingts et cent heures par semaine, et parfois plus, il ne pouvait évidemment pas s'occuper de son ménage. Il dut embaucher quelqu'un et, ce qui fit doucement rigoler les habitants du Montel, ce fut la petite Chantal Levet qu'il chargea de balayer sa maison et d'entretenir son linge. Poussés par un désir très légitime de vengeance, l'un et l'autre auraient pu aussi se livrer ensemble à de plaisantes séances de jambes en l'air. Eh oui, une partie carrée ! Âmes pures, ils n'y songèrent pas un instant. Restait la question épineuse des repas, question facile à résoudre pour une personne ayant des horaires réguliers, en revanche pratiquement insoluble pour lui. Il rentrait de son boulot, tantôt à midi, tantôt à une heure, parfois beaucoup plus tard. Allez tenir des plats chauds et pas trop cuits dans ces conditions ! Par chance, les femmes de ses deux associés ne le laissèrent pas dans l'embarras. Elles ne pouvaient pas se trouver mieux placées pour connaître le problème.

Madame Saupiquet, une personne absolument charmante, le cœur sur la main, lui tendit une main secourable :

– Venez manger chez nous à midi, le soir, même à n'importe quelle heure et ceci tous les jours.

– Cela va terriblement vous gêner.

– Pensez-vous. Avec mon mari, j'ai l'habitude et puis, ajouta-t-elle en souriant, nous avons beaucoup trop besoin de vous pour vous laisser dépérir.

– Merci infiniment.

– Alors, c'est entendu, inutile de prévenir. Vous pouvez venir chaque fois que vous le désirez. Le plus souvent possible.

André ne pouvait vraiment pas demander plus. Néanmoins il s'aperçut à l'usage qu'il ne lui fallait pas profiter trop souvent de cette très sympathique invitation, s'il entendait rester en bonne santé. En effet, ces veinards de Saupiquet pouvaient avaler n'importe quoi allègrement sans que ni leur foie ni leur estomac ne se rebellent. Choucroutes garnies, cassoulets et autres coqs au vin ne leur faisaient pas peur et passaient comme une lettre à la poste. Aussi leur cuisine, certes savoureuse, ne pouvait-elle qu'être difficilement supportée par un vétérinaire gringalet, doté d'un système digestif absolument lamentable.

Heureusement, madame Mizoule, si elle continua comme hier à l'envoyer gaillardement soigner les vaches à toutes heures du jour et de la nuit, le travail ne pouvant que lui éviter de s'appesantir sur son chagrin, l'invita également à venir prendre ses repas chez elle ; invitation moins chaleureuse que celle de madame Saupiquet, mais cependant assez aimable. Or elle se montrait un fin cordon bleu. Elle vous offrait une chère succulente et, avantage appréciable, légère, appropriée aux petites natures.

Ses plats étaient toujours assaisonnés d'encens. Oui, sans jamais se lasser, elle portait son conjoint aux nues. Il n'existait pas de par le vaste monde de vétérinaire plus remarquable, plus adroit, plus intelligent que cet homme. Son sens du diagnostic était infaillible, ses explications lumineuses. Entre ses mains, les animaux malades, même ceux arrivés à leur dernière extrémité, reprenaient vigueur et santé. On en venait presque à se demander s'il n'était pas capable, de temps à autre, de ressusciter les morts ! Les vêlages, parfois pourtant d'une grande difficulté, ne lui posaient jamais de problèmes. Il vous sortait un veau du ventre de sa mère avec une stupéfiante virtuosité. Ainsi, André réalisa quelle chance extraordinaire il avait de turbiner aux côtés d'un pareil phénix. À son contact, à moins d'être une sinistre andouille, il ne pouvait qu'accomplir d'incessants progrès[1] !

Toutefois une question le tarabustait : « si ce type est un thérapeute vraiment hors norme, pourquoi donc nos clients ne se mettent-ils pas à pleurer à chaudes larmes quand ils me voient arriver à sa place, moi modeste tâcheron très ordinaire ? Voilà qui est excessivement curieux. Il faudra que je le leur demande. »

Ainsi, dans son malheur, André eut la chance d'être très bien entouré. En revanche, la pauvre petite Chantal, la femme du présumé assassin, n'eut pas cette bonne fortune. Orpheline depuis son plus jeune âge, complètement dépourvue de famille, n'ayant pratiquement aucun ami à cause de sa timidité, elle se retrouva toute seule pour affronter un terrible problème : comment vivre ? Comment nourrir ses deux enfants ? Elle ne recevait plus, à la fin de chaque mois, la paye de son mari. Par conséquent, en dépit de sa faible santé, elle dut chercher du boulot.

Bonnes âmes, plaignant le sort de cette infortunée jeune femme, quelques bourgeoises de l'endroit l'embauchèrent.

– Je ne vais pas vous laisser mourir de faim.

---

1 Il y a beaucoup de vrai dans cette amusante caricature, car, à sa sortie de l'école vétérinaire, un jeune diplômé ne sait pas grand-chose. C'est au contact des anciens qu'il apprend réellement son métier, d'où l'intérêt qu'il a de tomber sur quelqu'un à la fois compétent et excellent professeur. Aussi quelle chance a eu ce veinard d'André Vernet !

Venez donc faire trois à quatre heures de ménage par semaine chez moi.

– Merci, Madame.

– Oh, je n'en ai guère besoin, mais il faut s'entraider entre chrétiens.

Évidemment elles ne la rémunérèrent qu'à coups de lance-pierres. Cependant c'était déjà bien beau de porter secours à l'épouse d'une fripouille. Il n'y eut qu'André pour rétribuer ses services convenablement. Auvergnat pur sang, il se montrait près de ses sous, mais son cher papa l'ayant converti au socialisme, il se refusait à exploiter le peuple. Les catholiques, eux, peuvent se le permettre, ils le doivent même ! En effet, là-haut, les pauvres auront la meilleure place, assis à la droite du Seigneur. Par conséquent il serait stupide, voire criminel, de les priver de cette merveilleuse assurance en les couvrant d'or !

André obtint son divorce relativement rapidement, en moins d'une année, malgré la lenteur de la Justice. Il n'eut pas beaucoup de frais à payer. Son avocat lui consentit un prix d'ami. En effet, il fit appel à un de ses cousins, François de Curaize, un aimable garçon, de surcroît très compétent, en dépit de son jeune âge. Il n'eut rien à verser à son indigne épouse puisque tous les torts, évidemment, se trouvaient du côté de celle-ci. Ses clients le félicitèrent de s'être ainsi débarrassé de Solange.

– Dieu, vous avez drôlement bien fait, docteur ! Une garce pareille ! Ce n'est pas comme cet abruti de Jean-Louis Terrisse.

– Jean-Louis Terrisse ?

– Un type habitant la commune de Rageade, au Bouchet, vous devez le connaître. Je crois qu'il est un de vos clients, il ne s'adresse pas à Saint-Flour.

– Ah oui, je vois. Qu'a-t-il donc fait ?

– Ben, comme vous, il a divorcé.

– Peut-être avait-il de bonnes raisons pour cela ?

– Pensez-vous !

– Pourquoi ?

– Une vraie connerie de sa part !

– Oh.

– Figurez-vous que cette andouille, de quarante balais bien tassés, pour ne pas dire cinquante, s'est amouraché d'une jeune drôlesse qui ne possède pour unique bagage que son joli petit cul et sa chemise.

– C'est déjà quelque chose

– Mais ça ne fait pas manger !

– Une demoiselle de par ici ?

– Oui, la Josiane Phelut de Bonnac. Son père, un grand niquedouille, ne sait rien faire d'autre que de descendre des canons et de fabriquer des gosses à sa bergère. Il n'a jamais vraiment travaillé, aussi, j'ne vous dis pas, c'est la vraie misère chez lui.

– Il vit des allocations.

– Ouais, enfin il les boit !

– Si elle est séduisante, cette petite, je comprends le Jean-Louis.

– Ouais, n'empêche qu'il n'a vraiment pas sa tête à lui. Pensez donc, y a-t-il du bon sens, j'vous le demande, à courir les femelles à son âge ?

– Évidemment.

– D'autant plus qu'il a ce qu'il faut chez lui, une femme et, surtout, un troupeau d'une trentaine de chèvres ; chacune à son entière disposition !

– Trente chèvres !

– Eh oui, pas moins ! Remarquez, son épouse, elle n'est pas terrible.

Pas terrible était, en l'occurrence, un doux euphémisme. La dame en question, une imposante et corpulente mémère, dotée d'un caractère de cochon et d'une voix tonitruante, la figure rougeaude et ornée d'un soupçon de moustache à faire envie à un adolescent, le ventre rondelet et le postérieur impressionnant, l'ensemble supporté par de grosses jambes variqueuses, n'incitait pas à de tendres câlins

Seulement trente chèvres !

– Le bougre est gâté !

– Je pense bien. Des blanches, des noires, bref toutes les couleurs, ainsi, s'il est raciste, il peut choisir !

– Un sacré veinard !

– Et un raffiné qui plus est.

– Ah ?

– Oui, il m'a expliqué qu'il ne faisait sa petite affaire avec l'une de ses bêtes que lorsque celle-ci se trouvait en chaleur.

– Un vrai connaisseur !

– Et il tient aussi des vaches.

– Je sais, j'ai eu l'occasion d'en soigner quelques-unes.

– Remarquez que c'n'est pas tellement pratique.

– ...

– Il faut un tabouret.

– Naturellement.

– On risque de se casser la gueule si la bête bouge un peu.

– C'est bougrement dangereux.

– Je pense bien ! Si on vous retrouve allongé dans la rase, votre escabeau renversé, une guibolle cassée, ainsi que votre pantalon descendu jusqu'aux talons et vos parties à l'air, vous n'avez pas l'air très malin !

– On n'a pas fini de se faire foutre de votre binette.

– Toujours est-il que le Jean-Louis, à c'te heure, est plongé dans la merde.

– Comment ça ?

– Eh bien il avait apporté trente hectares, en se mariant, et son épouse également. De cette façon, ils avaient monté une exploitation viable, très correcte. Aujourd'hui, chacun a repris ses billes et notre pauvre con ne possède plus qu'une propriété amputée de moitié, donc tout à fait misérable ; et comme, la Josiane n'a pas un radis, elle n'apporte pas un rond. Et, en plus, il a paumé la moitié de ses chèvres !

– Le malheureux !

– C'est ce que je vous disais, il a complètement perdu la boule !

Quoique intéressé par cette croustillante histoire, pas une seconde André n'envisagea de se procurer une ou deux chèvres pour lui tenir lieu de femme. D'une part il n'était pas attiré par la bestialité[1], d'autre

1 La bestialité, accomplir l'acte sexuel avec des bêtes, était autrefois considéré comme un crime et très sévèrement puni, souvent même par la peine de mort. Mais, aujourd'hui, tout au moins en France, le code pénal est muet à ce sujet. Par conséquent, si le cœur vous en dit, rien ne vous empêche de vous livrer à cette activité. Néanmoins, peut-être la SPA vous intentera-t-elle un procès pour mauvais traitements aux animaux ? Toutefois elle ne sera pas sûre de vous faire condamner. Pourquoi, en effet, une chèvre, ou une brebis, n'apprécierait-elle pas,

part il tenait beaucoup trop à sa réputation.

– Tu sais par qui notre véto a remplacé la Solange ?

– Non, une dame de par ici ?

– Pas du tout, beaucoup mieux !

– Qui ? Pas miss monde, quand même !

– Non, encore mieux !

– J'vois pas.

– Une chèvre !

– Une chèvre !

– Eh oui, une chèvre !

– C'n'est pas vrai !

– Eh si !

– Alors là, tu m'en bouches un coin.

– C'est comme j'te le dis. Il l'a dégotée chez un certain Vinaize de Blesle.

– Bon Dieu, c'est quelque chose !

– Le plus rigolo dans l'histoire c'est que, dans leur couple, maintenant, ce n'est plus lui qui porte les cornes, c'est elle !

– Ben dis donc, j'ne l'aurais jamais cru de notre petit véto.

– Ce que lui a fait la Solange a dû le dégoûter complètement des femmes. On le comprend un peu, le pauvre gars.

André en serait mort de honte. Il aurait dû quitter la région, partir très loin pour ne plus entendre tous ces ricanements.

---

surtout si elle est en chaleur, d'être ainsi câlinée par son propriétaire ? Donc, si vous avez pris la précaution de vous munir d'un bon avocat, vous sortirez du tribunal blanc comme neige. Seulement, évidemment, cette publicité intempestive risquera de beaucoup nuire à votre image de marque de type sérieux. Tout le monde se foutra de vous.

Il est très mauvais de ne pas se plier à la loi commune.

Chapitre XI

Le procès de Solange et de son complice s'ouvrit à Aurillac, devant la cour d'assises du Cantal, pas loin de deux ans après leur incarcération. La vue du jury fit craindre le pire aux accusés. Il comportait, en effet, pratiquement que des petits bourgeois, farouches défenseurs de l'ordre établi et des bonnes mœurs ; des hommes et des femmes. Celles-ci haïssaient les dames et les demoiselles dévergondées qui couraient le guilledou, d'autant plus qu'elles les enviaient, en leur for intérieur, d'oser faire ce dont elles-mêmes rêvaient sans s'y risquer par crainte d'encourir les foudres du Ciel. Pécher c'est s'exposer à se retrouver en Enfer, or le séjour là-bas dure terriblement longtemps. Cela les faisait réfléchir. Les messieurs, eux, ne croyaient pas trop aux histoires racontées par les curés, seulement, s'ils trompaient allègrement leur femme, sans éprouver le moindre petit remords, en revanche ils se montraient sans pitié pour celles qui se permettaient de leur rendre la pareille et, comme en plus, l'accusée avait tenté d'assassiner son époux, ils verraient rouge. Aucune peine ne serait assez dure pour punir un tel forfait. L'ombre de la guillotine allait planer sur le prétoire[1] !

Heureusement, si le jury, maître et souverain, décide de la culpabilité ou de l'innocence des prévenus, il revient au président du tribunal, un professionnel, quelqu'un de raisonnable, fin connaisseur de la nature humaine, affranchi des passions du populaire, de fixer l'importance de la sanction.

Les audiences débutèrent par l'interrogatoire des accusés :

– Pourquoi, Madame, trompiez-vous votre mari ?

– Je m'ennuyais.

– Vous vous ennuyiez !

– Eh oui, épouvantablement ! Vous ne pouvez pas vous imaginer l'existence infernale qui m'était imposée.

Elle en rajoutait, elle n'y allait pas avec le dos de la cuillère. Existence infernale alors que pratiquement toutes ses voisines enviaient son sort de femme oisive et fortunée !

– Vraiment ?

---

1 À l'époque la peine de mort n'avait pas encore été supprimée en France. Elle le fut en 1981, à l'instigation de François Mitterrand, homme politique que la plupart des habitants du Cantal considéraient comme un dangereux démagogue. Son élection à la présidence de la République ne fut pas un jour de joie au Pays Vert.

– Voyez-vous, mon mari, un foutraque du boulot, se trouvait toujours par monts et par vaux, allant d'étable en étable pour soigner les vaches, il rentrait à des heures impossibles, et, quand par miracle il était à la maison, il ne me parlait que de son métier, que de médecine vétérinaire. Absolument rien d'autre ne semblait compter pour lui. J'en avais par-dessus la tête. Il ne savait pas s'amuser. Il ne s'intéressait ni à la musique ni à la danse, ni au cinéma. Il ne regardait jamais la télévision. En outre, souffrant de l'estomac, prétendait-il, il fuyait les gueuletons et les bons repas en famille ou entre copains. Bref, un horrible rabat-joie !

– Pourquoi, dans ces conditions, l'avez-vous épousé ?

– J'ignorais qu'il était comme ça.

– Pourtant vous avez bien dû le fréquenter quelque temps avant votre mariage ?

– Oui, mais quand je l'ai connu, quand il venait chez mes parents, je le voyais rire et plaisanter continuellement. J'ai réalisé, seulement lorsque nous avons vécu ensemble, que, dans les fermes, il jouait un rôle afin de se faire bien voir par ses clients, afin de leur plaire, et que, dès qu'il rentrait chez lui, son naturel revenait au galop ; le véritable bonnet de nuit qu'il est réellement réapparaissait.

Cette charmante enfant n'arrangeait pas ce pauvre André ; elle le calomniait sans vergogne dans un effort désespéré pour se défendre. En fait, notre pauvre vétérinaire appréciait la rigolade même dans l'intimité

– Il fallait divorcer.

– Il ne l'aurait pas accepté.

– S'il ne l'avait pas voulu, il y aurait cependant été contraint par la loi. La France est un pays où règne la liberté. Les femmes n'y sont plus les esclaves des hommes. Nous ne sommes plus sous l'Ancien Régime !

– …

– Vous le saviez bien, expliquez-nous, par conséquent, la raison pour laquelle vous n'avez pas quitté votre mari, préférant le tromper, puis infiniment plus grave, essayer d'assassiner ce malheureux.

Aïe ! Aïe ! Aïe ! Solange ne pouvait pas reconnaître que, si elle avait aspiré à se trouver débarrassée d'un conjoint plus ennuyeux encore qu'une triste pluie d'automne, elle n'avait pas voulu pour autant perdre la poule aux œufs d'or. Si elle avait réussi à lui faire souscrire une assurance sur la vie d'un million de francs, c'était pour toucher cet argent et non pas pour qu'il lui passe bêtement sous le nez. Il y a des choses impossible à dire, surtout devant un tribunal et des jurés qui ne semblaient pas être remplis d'indulgence.

– Mais je n'ai rien fait, se rebiffa-t-elle.

Si Paul Levet avait avoué dès son premier interrogatoire par les gendarmes, elle, en revanche, avait toujours refusé de se mettre à table. D'une autre trempe que cet imbécile, elle avait continué imperturbablement à nier farouchement cette tentative de meurtre. Le juge d'instruction, en dépit de sa parfaite connaissance de son métier, s'était montré impuissant à lui soutirer le moindre aveu.

– Allons, Madame, un peu de bon sens. Certes vous ne reconnaissez pas les faits, seulement tout vous accuse : le témoignage de monsieur Vernet, celui de votre complice, les constatations faites sur le terrain par les enquêteurs, ainsi que votre suicide quand vous avez vu votre entreprise ratée. Aussi, en niant, n'abusez-vous personne. Vous êtes coupable, c'est une évidence. Je vous demande donc pourquoi avez-vous commis cet acte monstrueux ? Pourquoi, alors que vous aviez la possibilité, si vous le désiriez, de quitter le domicile conjugal ?

– Je vous répète que je n'ai rien fait !

– Eh bien moi, je vais vous dire ce que vous avez fait et la raison qui vous a poussée. Vous ne vouliez pas divorcer parce que vous n'entendiez pas renoncer à l'argent que vous assurait votre mari. Séparée de celui-ci, avec tous les torts de votre côté, vous vous seriez retrouvée sans le sou, tandis que lui mort, vous touchiez un million de francs. Par conséquent vous avez essayé de le tuer. L'affaire est d'une parfaite limpidité. Il ne s'agit pas d'un crime passionnel, mais d'un crime crapuleux !

Solange blêmit, elle réalisa que pour elle l'avenir s'annonçait terriblement sombre. Malgré ses dénégations, sa culpabilité ne faisait aucun doute et les mobiles sordides qui l'avaient poussée ne lui accorderaient sûrement pas l'indulgence des jurés. Dans les yeux de ces bourgeois, elle voyait briller la haine et le mépris à son encontre. Il n'y avait aucune pitié à attendre d'eux.

Interrogé à son tour, Paul reconnut très volontiers tous les faits, toutefois il insista fortement sur le faible rôle qu'il avait joué. Il était loin d'être un grand orateur. Aligner à la suite les uns des autres plus de trois à quatre mots dépassait ses compétences.

Heureusement, son avocat, pas né de la dernière pluie, l'avait minutieusement préparé, en lui faisant apprendre, quasiment par cœur ce qu'il aurait à déclarer au tribunal.

– Monsieur le juge, j'ai fait mon possible pour dissuader cette dame – il ne l'appelait plus Solange, l'amour était loin, elle n'était plus une séduisante maîtresse, mais une emmerdeuse à qui il devait ses malheurs. Moi, voyez-vous, j'ne suis pas un assassin. Oh non ! J'ne suis même pas foutu de saigner un lapin ou un poulet. C'est pour vous dire que tuer ce pauvre type me répugnait. J'ne lui voulais pas de mal.

– Cependant vous le trompiez avec sa femme.

– Ouais, c'est vrai. Seulement mettez-vous à ma place. Elle s'était jetée à mon cou. Elle me disait qu'il ne s'occupait pas d'elle, qu'elle ne le voyait pour ainsi dire jamais. Qui va à la chasse, perd sa place.

– D'après vous, vous lui rendiez presque service !

– Voilà ! Elle s'ennuyait, cette pauvre dame !

Un véritable bienfaiteur de l'humanité, ce brave Paul !

– Et votre épouse, vous y pensiez ?

– Ben...

– Ne croyez pas que je vais vous féliciter. En fait, vous avez fait le malheur de deux ménages, le vôtre et celui des Vernet.

– Monsieur le juge, intervint l'avocat de Paul, nous ne sommes pas là pour recevoir une leçon de morale, mais pour juger une tentative d'assassinat.

– Soit. Revenons à celle-ci. Vous ne niez pas avoir pénétré nuitamment dans la maison de monsieur André Vernet pendant son sommeil, puis avoir aidé sa femme à perpétrer son forfait ?

– Si peu !

– Comment si peu ?

– Eh oui, si peu. J'ai seulement fait semblant de l'assister. En réalité, j'ai tout fait pour favoriser la fuite de son mari.

– Que vous dites !

– Voyons, regardez-moi, Monsieur le Président, j'ne suis pas une demi-portion. Si j'l'avais voulu, ce pauvre foutriquet de véto n'aurait pas pesé lourd entre mes mains. J'pouvais l'assommer d'une simple chiquenaude !

Paul faisait le maximum pour minimiser son rôle dans cette affaire, ce qui, d'ailleurs, n'était pas loin de la vérité. Aussi, tous, dans la salle d'audience, sentaient qu'il était sincère. Cette grande brute, au cœur tendre, apparaissait presque sympathique ; surtout aux yeux des dames évidemment, beaucoup d'entre elles enviaient Solange ! Il avait été le jouet d'un démon, d'une femme diabolique. Sur le banc des accusés, celle-ci bouillait de rage devant cette attitude, devant ce lâche qui avait fait rater l'affaire et qui, maintenant, loin de la soutenir, l'enfonçait de son mieux. L'amour qu'elle avait éprouvé pour ce rustre s'était transformé en haine.

L'avocat général ne se montra pas tendre à son égard :

– L'accusée doit être condamnée sévèrement, car, ses dénégations n'abusant personne, elle est à coup sûr coupable d'avoir tenté de tuer son mari et ce pour une sordide histoire d'argent. Il s'agit d'un crime crapuleux et prémédité, pas d'un acte dicté par la passion. Cependant, comme il n'y a pas eu de décès, je ne demande pas le maximum, je ne demande pas la peine de mort, mais seulement quinze ans de réclusion pour cette Bovary auvergnate.

Il fut moins sévère à l'encontre de Paul, certes complice, mais qui semblait avoir tout fait pour que l'affaire échoue. Toutefois il ne pouvait quand même pas réclamer l'acquittement d'un homme ayant participé à une tentative d'assassinat. Il requit huit ans d'emprisonnement.

Chargé d'assurer la défense de Solange, Jacques Guionin, un petit jeunot débutant dans la carrière, dépourvu d'expérience, mais bourré de talent et qui était tombé amoureux de sa cliente – comment ne pas le comprendre ! –, se trouvait confronté à une tâche terriblement ardue : parvenir à faire excuser l'inexcusable ! Par chance, la victime n'était pas morte. Aussi insista-t-il sur la maladresse de sa cliente, sur cette tentative inéluctablement vouée à l'échec tellement était farfelue la méthode utilisée. Il termina sa plaidoirie en s'efforçant d'apitoyer les membres du jury :

– Vous ne pouvez pas condamner lourdement cette malheureuse femme, alors que son mari est encore bien vivant. Vous lui accorderez les circonstances atténuantes. Elle se trouve, aujourd'hui, perdue de réputation, rejetée par ses voisins, ses amis et même sa famille. Ses parents, oui, son père et sa mère eux-mêmes, ne sont jamais venus lui rendre visite dans sa prison. Ils ont publiquement déclaré qu'ils n'avaient plus de fille ! Ils ne veulent plus la voir. Ils l'ont reniée. Ainsi dépouillée de tout à cause de cet acte stupide, elle n'a plus rien, absolument plus rien auquel l'infortunée pourrait se raccrocher. Par conséquent je vous conjure de ne pas l'enfoncer davantage en la punissant trop lourdement.

Emporté par son éloquence, ce remarquable garçon aurait fait pleurer même une pierre ! Il éprouva la grande satisfaction professionnelle d'apercevoir quelques larmes briller dans les yeux de la foule.

Pour le défenseur de Paul, le travail était infiniment plus facile.

– Cet homme, malgré son physique, est en réalité un faible. Aussi n'a-t-il pas pu résister aux sollicitations de sa maîtresse. Seulement, après avoir accepté à regret de l'aider dans son projet criminel, il a tout fait pour qu'échoue l'assassinat combiné par celle-ci. Oui, si monsieur André Vernet se trouve aujourd'hui en vie, c'est grâce à lui. Regardez-le, il aurait pu facilement l'étrangler ou l'assommer. Et bien non, il l'a laissé volontairement s'échapper. Il n'est pas un tueur. Il ne le sera jamais. La violence lui répugne. Vous ne pouvez pas condamner sévèrement cet homme foncièrement pacifique. Les deux ans de prison préventive qu'il a déjà subis constituent un châtiment bien suffisant pour lui. Je vous demande de lui permettre de revenir dans son foyer, de retrouver sa femme et ses deux enfants qui l'attendent et qui ont grand besoin de leur mari et de leur père pour ne pas sombrer dans la misère.

Le jury se retira pour délibérer. On ne pouvait pas espérer beaucoup de clémence de ces bourgeois cantaliens très attachés aux vieilles valeurs et pour lesquels tolérance et indulgence étaient de vains mots. À l'unanimité ils déclarèrent les deux accusés coupables de tentative d'assassinat avec préméditation et sans aucune circonstance atténuante. Ces canailles, pensaient-ils, allaient ainsi passer le reste de leur existence derrière les barreaux et c'était bien fait pour eux. Ah mais !

Par chance, après avoir consulté ses deux assesseurs, le président du tribunal se montra infiniment moins féroce. Solange craignait le pire : la perpétuité ! Jamais elle ne pourrait supporter cette incarcération interminable, sans espoir de jamais sortir. Elle deviendrait folle. Aussi, quand elle s'entendit finalement condamner à dix ans d'emprisonnement, elle fut presque soulagée. Seulement, réalisant qu'elle allait vivre l'Enfer pendant encore plus de deux mille huit cents jours, elle s'effondra en larmes.

Son avocat s'efforça de lui remonter le moral :

– D'abord, Madame, je vous déconseille de faire appel, car ce verdict, en somme, est relativement clément.

– Dix ans ! Vous vous rendez compte ! Quand je retrouverai la liberté, je serai devenue vieille et laide. Rejetée par tous, sans argent, que deviendrai-je ?

– Ne croyez pas, Madame, que vous allez rester incarcérée pendant dix ans.

– Ah.

– Oui, en effet, primo vous avez déjà passé deux ans derrière les barreaux dans l'attente de votre procès, ensuite, très souvent, les condamnés n'effectuent que la moitié de leur peine, bénéficiant presque toujours d'une libération anticipée.

– Vous croyez ?

– J'en suis absolument certain.

– Si vous l'affirmez, je ne demande qu'à vous croire.

– Ainsi, lors de votre sortie, vous serez encore jeune et belle ; vous pourrez repartir d'un bon pied avec beaucoup d'atouts dans vos mains.

« Dotée d'une si jolie frimousse, pensa ce brave homme, si cette mignonne ne se débrouille pas merveilleusement, j'accepte de manger ma toge ! Elle dégotera un nigaud plein aux as et, cette fois, instruite par l'expérience, elle n'essaiera pas de le tuer. Afin de ne pas attendre trop longtemps un décès providentiel, elle n'aura qu'à le choisir déjà vieux et un peu trop porté sur l'alcool. Je la vois finir dans la peau d'une vieille dame riche, bien considérée par ses voisins et adonnée aux bonnes œuvres. Pour elle, cette déplorable affaire n'est qu'un simple accident de parcours. »

L'avocat de Paul, lui condamné à cinq ans d'emprisonnement, tint le même discours réconfortant à son client :

– Cinq ans moins deux de préventive, vous n'en avez plus que trois à tirer.

– C'est beaucoup pour un innocent !

– Innocent, innocent, n'exagérez quand même pas !

– Mais si, innocent !

– Enfin, si vous voulez. De toute façon, rassurez-vous, si vous vous conduisez correctement, si vous ne vous faites pas remarquer, vous serez libéré dans pas longtemps.

– Oh !

– Oui, comptez sur moi pour plaider votre cause. Vous êtes soutien de famille, votre femme et vos deux enfants ont besoin de vous.

Il était vraiment dévoué, cet avocat, car, désigné d'office, son client étant pauvre comme Job, il ne toucherait pas grand-chose pour rétribuer son boulot.

– Ça c'est vrai, sans moi, je me demande comment ils ont réussi à manger à leur faim depuis que je suis en taule, les malheureux !

Ce grand imbécile aurait pu y penser avant.

– Seulement soyez sérieux. Surtout pas de bagarres !

Interviewé, à sa sortie du tribunal, par un journaliste de *La Montagne*, André se dit satisfait de la peine infligée à Solange et à son complice :

– Quelques années de prison leur seront salutaires. Ainsi, ils auront tout loisir de méditer sur leur bêtise.

– Ils ont quand même tenté de vous assassiner, aussi n'auriez-vous pas souhaité qu'ils soient condamnés à une plus lourde peine ?

– Oh non, ils sont suffisamment punis comme cela. Finalement, je ne leur en veux pas trop à ces deux idiots !

Chapitre XII

Il ne leur en voulait pas trop, car, depuis un an, il avait retrouvé le bonheur.

« Notre pauvre fils ne peut pas vivre dans la solitude pendant tout le reste de son existence, avaient pensé ses chers parents, or, ballot comme il est, il ne va pas être capable de dénicher une nouvelle compagne ; ou alors ce sera une moins que rien qui l'aura séduit uniquement par ses attraits physiques. Nous l'avons vu à l'œuvre et le moins que l'on puisse dire est que cela n'a vraiment pas été une réussite ! Il nous faut donc nous charger de lui trouver une femme. »

– Il faut qu'elle soit de notre monde.

– Tu as raison, ma chère amie, on ne doit jamais mélanger les torchons et les serviettes.

Il était socialiste, cet excellent homme, toutefois il avait gardé quelques déplorables préjugés bourgeois ; seulement, supérieurement intelligent, il ne tenait pas les mêmes discours à sa digne épouse et à ses camarades du parti ! En outre, bien que militant pour tirer le populaire de sa médiocrité intellectuelle, il préférait jouer aux échecs ou au bridge avec ses pairs plutôt que pratiquer la belote en compagnie de prolétaires amateurs de gros rouge.

– Nous sommes, hélas, payés pour le savoir.

– Pour une cohabitation sereine entre deux êtres, il importe qu'ils ne soient pas trop différents l'un de l'autre.

– Une jeune personne sévèrement éduquée dans les bons principes irait comme un gant à notre pauvre garçon.

La révolution de 1968 venait de se terminer, seulement, dans la France profonde, ses effets contestataires ne se faisaient pas encore sentir. En Auvergne, chez les gens qui se prétendaient « bien nés », les parents conservaient le droit d'interdire et leurs enfants se tenaient encore sagement à leur place ; quant à la virginité, elle était encore hautement prisée par beaucoup. Néanmoins cela n'allait pas durer très longtemps, la Société dans son ensemble basculant dans une réjouissante liberté d'après les uns et, pour les autres, dans une déplorable licence.

– Il nous faut prospecter parmi nos connaissances clermontoises.

– À coup sûr, certains de nos amis ont des filles à marier.

– Des filles sorties de Saint-Alyre.

Dans cet établissement, des bonnes sœurs, des Ursulines, élevaient des demoiselles, pour la plupart issues d'un excellent milieu, en leur inculquant l'amour de Dieu et l'obéissance à leurs parents. Elles ne parlaient du sexe qu'à mots voilés : « vous devez vous garder pures jusqu'à l'heure de votre mariage. » Évidemment elles n'entraient pas dans les détails, car ces saintes et admirables femmes affichaient de ce côté une charmante ignorance, n'ayant jamais lu le Kama-sutra[1]. Elles se plaisaient plus à se plonger dans les Évangiles ou « l'Imitation de Jésus-Christ ». Chacun ses goûts. Éduquées de cette manière, préservées de la pernicieuse influence des enseignants de l'école laïque, dangereux individus, tous plus ou moins socialo-communistes, sortaient de cette remarquable institution religieuse de jeunes oies blanches, aptes à satisfaire des maris attachés aux vieilles valeurs chrétiennes de soumission à la hiérarchie et de fidélité ; ainsi qu'à l'incontestable supériorité de l'homme sur la femme.

Les recherches des époux Vernet furent couronnées de succès. À Clermont-Ferrand, cours Sablon, en face du jardin Lecoq, un quartier où va-nu-pied, bohèmes et autres rastaquouères sont assez rares, habitait un militaire de carrière à la retraite, le général Henri Gourbeyre, d'excellente famille, dont la fille aînée correspondait en tous points à ce qu'ils souhaitaient.

Après avoir passé avec succès ses deux baccalauréats, cette Madeleine, âgée de quelque vingt ans, faisait pour lors des études de Droit ; avec beaucoup de nonchalance, car elle espérait parvenir à dénicher un mari pourvu d'une situation lucrative, avant qu'il

1 Traité des règles de l'amour, écrit en sanskrit par Vatsyayana.

ne lui faille devoir turbiner afin de gagner son pain quotidien. Appartenant à la vieille école, digne élève des Ursulines, le rôle de femme au foyer ne la rebutait absolument pas. Les livres de Simone de Beauvoir ne l'ayant pas enthousiasmée, elle aspirait à élever des enfants et à chouchouter son petit chéri plutôt que de devenir une brillante avocate ou une talentueuse juge d'instruction. Bref un véritable dinosaure, exactement ce qu'il fallait à ce brave André pour lui faire oublier ses malheurs.

D'ailleurs elle n'était pas vilaine. Certes elle était loin de posséder l'éblouissante beauté de Solange, néanmoins elle se montrait très agréable à regarder. De taille moyenne, la chevelure châtain clair, elle affichait un visage avenant, éclairé par deux yeux bleus et un joli sourire, une poitrine bien ferme, des jambes parfaites et des petites fesses rondelettes fort appétissantes. Comme elle se trouvait en sus dotée d'un charmant caractère, elle ne pouvait que donner entière satisfaction à un honnête homme.

Ayant appris son existence, la mère d'André n'eut de cesse de faire la connaissance de celle qui avait fabriqué cette merveille. Cela se fit dans un salon clermontois, autour d'une tasse de thé, et les deux dames ne tardèrent pas à sympathiser. La douloureuse mésaventure survenue à notre vétérinaire, ayant fait en son temps la une de *La Montagne*, n'était bien entendu ignorée de personne.

– Comment votre malheureux fils supporte-t-il cette pénible situation ?

– Avec beaucoup de courage. Il remonte doucement la pente.

– Tant mieux pour ce pauvre garçon.

– Cependant l'existence n'est pas rose pour lui.

– Comme je vous comprends.

– Se trouver condamné à la solitude à son âge n'est pas gai.

– Il faut le remarier.

En voilà une qui mordait facilement à l'hameçon ! Cela surprit très agréablement madame Vernet, ceci d'autant plus qu'elle était on ne peut plus consciente que l'affaire était fort loin d'être dans le sac. Eh oui, André se trouvait maintenant séparé de sa première femme, or épouser un divorcé, voilà qui était absolument impensable pour la plupart des bourgeois clermontois. La place de Jaude n'est pas le Quartier latin. Évidemment l'infortuné n'avait rien à se reprocher. Était-ce sa faute si Solange était une dévergondée jointe à une criminelle ? On ne pouvait quand même pas le condamner à continuer à vivre en compagnie de ce monstre ! Seulement, dans un milieu bien-pensant, il était impossible d'envisager un mariage sans passage à l'église. Aussi, lui dégoter une épouse appartenant à celui-ci était une véritable gageure.

Par chance, de là-haut, notre Créateur, miséricordieux, veillait sur les Vernet et leur fils. En effet, madame Gourbeyre, certes catholique pratiquante, distinguée jusqu'au bout des ongles, même légèrement snob sur les bords, avait passé son enfance et son adolescence à Paris, entre le Panthéon et le jardin du Luxembourg, là où souffle l'esprit depuis deux mille ans, élevée par des parents aux idées modernes et avancées. Son père, notamment, philosophe et scientifique de haut niveau, professeur au Collège de France, avait érigé la tolérance au rang de vertu cardinale. Quoique persuadé, par la merveilleuse harmonie régnant dans l'univers, que le monde n'était pas le fruit du hasard, mais l'œuvre d'un divin architecte, il s'était néanmoins « affranchi des superstitions qui incitent à reporter sur une puissance occulte le poids de nos ignorances[1] » et à lui obéir aveuglément. D'après lui, toutes les religions, leurs rites et leurs interdits étant la création des hommes et non celle de Dieu, personne n'avait à se soumettre à leurs diktats. Seule la conscience de chacun devait lui commander sa conduite. Doté d'un pareil état d'esprit, il se montrait bienveillant et compréhensif ; ainsi que sa fille, béate d'admiration devant un père aussi brillant.

Nos deux dames, poursuivant le même but, firent se rencontrer leurs deux enfants et, par bonheur, ceux-ci se plurent.

Madeleine fut tout de suite attirée par ce jeune homme, auréolé par le drame qu'il avait vécu, par cette infortunée victime d'une épouvantable garce et qui n'avait échappé à la mort que par miracle. Par ailleurs, il paraissait intelligent, bien élevé, très gentil, pourvu d'une excellente situation et, ce qui n'était certes pas à dédaigner, assez beau garçon. Un peu frêle évidemment, il n'avait vraiment rien d'un athlète, toutefois, exerçant le dur métier de vétérinaire rural dans une région montagneuse au climat rigoureux, il ne pouvait que jouir d'une santé excellente. Sa chevelure sombre et ses yeux verts, pétillants de vivacité, finissaient d'en faire un parti tout à fait désirable.

1 Catherine Bréchignac.

André, de son côté, s'aperçut que cette demoiselle ne se trouvait pas pourvue de la flamboyante beauté de Solange ; seulement, venant de se rendre compte qu'aimer une femme pour ses seuls attraits physiques est la plus grande bêtise que puisse commettre un homme, il était devenu légèrement moins ballot qu'hier. Or cette jeune Madeleine était loin d'être dénuée de charme. Petite-fille d'un professeur au Collège de France, elle avait fait des études, par conséquent il pourrait parler avec elle d'autres choses que du programme de la télévision et des potins du village. En outre, il se dégageait d'elle une telle douceur, une telle sérénité, une telle sagesse, qu'il fut certain que, s'il l'épousait, il ne la découvrirait pas, un beau soir, prête à le trucider, un couteau à la main, ou bien occupée à lui préparer un potage assaisonné à l'arsenic.

Ce ne fut pas un brutal coup de foudre mutuel, mais une profonde attirance entre ces deux êtres, attirance gage d'une union sereine et heureuse.

– Clermontoise, ayant toujours vécu en ville, ne crains-tu pas – ils se tutoyaient déjà – d'être dépaysée à la campagne ? Massiac est un trou.

– Tu exagères.

– Tu risques de t'y ennuyer.

Instruit par une douloureuse expérience, il savait pertinemment que de là pouvait venir le danger.

– Ne crois pas ça. D'ailleurs je ne serai pas en prison, j'aurai une voiture.

– Évidemment et Clermont n'est pas bien loin.

– Tu vois. Je pourrai facilement effectuer l'aller et le retour dans la journée.

Tout baignait dans l'huile, mais il restait à convaincre le général.

Ce vieux brave ne connaissait que le règlement. Tu dois faire ci, tu dois faire ça. Le petit doigt sur la couture du pantalon, il obéissait toujours sans songer à se demander si ces ordres n'étaient pas parfois complètement idiots. Il éprouvait une profonde horreur à l'encontre de la contestation, la discipline faisant la force principale des armées, ainsi que celle de l'Église. Si le Pape, un homme infaillible, interdisait le divorce, il avait sûrement ses raisons. Par conséquent on devait se soumettre sans discuter, content ou pas, un point c'est tout.

Par chance, si cette vieille baderne avait fait la loi à la caserne du 92e RI, en revanche absolument jamais dans son appartement du cours Sablon. Dans le ménage, Madame portait la culotte. Infiniment plus intelligente que son époux, elle n'avait pas tardé à prendre le leadership. Il faut dire que les circonstances s'étaient montrées on ne peut plus défavorables pour notre malheureux militaire.

En effet, sa carrière n'avait été qu'une succession de désastres ; pas un seul Austerlitz, que des Waterloo ! Tout d'abord une mémorable dérouillée au printemps 1940 que la victoire de 1945 n'avait pas réussi à effacer, car elle avait été bien plus le fait des Anglais, des Américains et des Russes que des Français. Ensuite une sanglante défaite à Diên Biên Phu, en Indochine, suivie de quelques mois d'une déshonorante captivité. Enfin, alors qu'il croyait enfin avoir gagné, De Gaulle ayant roulé tout le monde dans la farine, il avait dû quitter piteusement l'Algérie, laissant ses alliés, les Harkis, se faire égorger par leurs petits copains du FLN. Le Grand Charles trompait les uns et les autres sans éprouver aucun état d'âme, puisqu'il pensait que c'était pour le bien de la France, France avec laquelle il s'identifiait. Affublé d'un pareil patronyme, il pouvait présenter quelques excuses à cette mégalomanie. S'il s'était appelé Malcurat, Convert ou Grasalard, sans doute se serait-il montré infiniment plus modeste ! Toujours est-il que le pauvre Henri n'avait pas de quoi pavoiser, pas de quoi faire le fier !

Par conséquent, incapable de résister à sa femme, et quoique fort loin d'être transporté d'enthousiasme, il accepta de donner sa fille à un vétérinaire divorcé, alors qu'évidemment il aurait préféré pour gendre un officier sorti de Saint-Cyr et, surtout, n'ayant pas encore convolé. Il en mangea son képi de désespoir !

Madeleine et André se marièrent au printemps, un samedi du mois de mai. Ce fut une noce modeste, sans tralala, mais une belle et chaude journée. Le soleil couvrait le sol de taches d'or, partout la nature fêtait le réveil de la vie. Le malheur et l'hiver appartenaient au passé.

Cette union fut un succès. Ce qui avait agacé Solange enchanta au contraire Madeleine. Élevée par une mère intellectuelle, elle se passionnait pour les débats d'idées, alors que les banalités, les ragots et les petits faits de la vie quotidienne ne l'intéressaient pas du tout. Son mari lui parlait de médecine et d'économie rurale, elle élargit leurs conversations en abordant les sciences et la philosophie. Chacun cherchait à convaincre l'autre quand ils ne partageaient pas la même opinion, cependant leurs discussions ne dégénèrent jamais en disputes, car, non seulement ils s'aimaient, mais en plus ils savaient se montrer tolérants.

Entourée de livres, elle ne s'ennuyait pas en l'absence de son époux et, d'ailleurs, elle l'accompagnait de temps à autre dans ses tournées, découvrant ainsi un monde qu'elle avait totalement ignoré jusqu'à présent. De la vie des paysans elle ne connaissait pratiquement rien, n'en ayant guère aperçus cours Sablon et encore moins chez ses grands-parents à Paris. Toutefois elle se doutait bien que, depuis la description qu'en avait fait La Bruyère, leur situation avait considérablement évolué. Ils ne devaient plus habiter dans d'obscures tanières et ne se nourrir que de pain noir et de racines[1]. Elle avait constaté, en roulant en voiture à travers la campagne, qu'on n'y apercevait plus de laboureurs marchant à pas lents derrière une paire de bœufs, mais des tracteurs, certains presque aussi gros qu'une locomotive. Ce fut donc sans surprise qu'elle se rendit compte que les clients de son mari jouissaient, pour la plupart, de pimpantes demeures à la propreté irréprochable et devant lesquelles se trouvaient parfois quelques massifs de fleurs, et non pas des tas de fumier, des porcs se vautrant dans la fange et des eaux croupissantes. Quant aux vaches, si certaines se contentaient encore d'étables vétustes, sombres, basses de plafond, beaucoup étaient logées presque aussi confortablement que les hommes, dans de vastes constructions

---

1 Dictionnaire de l'Académie française de 1694 : sont appelés racines les plantes dont la partie souterraine est comestible.

modernes, bien éclairées. Elle se montra aussi très impressionnée par le nombre des engins agricoles et par leur taille.

– Ils sont cousus d'or, ces gens-là !

– Détrompe-toi, ils sont surtout riches en emprunts.

– En emprunts ?

– Eh oui, pour faire construire ces bâtiments neufs, acheter tout ce matériel et aussi augmenter notablement l'importance de leur cheptel, il leur a fallu demander des prêts au Crédit Agricole.

– Leur bas de laine ?

– Une légende, une simple légende. On les prétend radins alors, qu'en fait, très souvent, ils n'ont pas un rond.

– Oh !

– Pas un rond, les malheureux. Non seulement leur domaine appartient beaucoup plus aux banques qu'à eux-mêmes, mais, en outre, le gros capital dont ils disposent ne génère que de faibles revenus. Quand ils mourront, ils auront enfin remboursé leurs dettes, ils seront riches, seulement ils auront passé leur existence à tirer le diable par la queue, tout en travaillant infiniment plus que les autres ; en ne bénéficiant notamment pas de vacances, même pas de repos le dimanche puisque les vaches doivent être traites et nourries matin et soir.

– C'est un métier horrible ! Comment se fait-il qu'il se trouve encore des gens assez fous pour l'exercer ?

– Peut-être ai-je trop noirci le tableau ? Et puis, quoi qu'il en soit, la plupart des paysans restent très attachés à leurs terres, à leurs bêtes et à leur profession qu'ils ont dans le sang. Vois-tu, il est autrement plus plaisant de passer sa vie au grand air, d'être le propre maître de son emploi du temps, de voir naître et grandir des animaux et de vivre immergé dans la nature que de se trouver enfermé dans ces épouvantables prisons que sont les grandes cités, soumis aux ordres d'un contremaître, d'un chef de bureau ou d'un patron.

– Tu crois ?

Pour Madeleine, le cours Sablon et le Quartier latin n'avaient jamais semblé être un enfer aussi se montrait-elle un peu étonnée de voir la vie urbaine jouir d'une si déplorable réputation aux yeux de son époux.

– J'en suis sûr, absolument sûr.

– Vraiment ?

– Oui, et si, peu à peu, beaucoup de mes clients se voient contraints de partir en ville pour gagner leur croûte, car seules les grandes exploitations sont rentables, les petites et les moyennes étant appelées à disparaître les unes après les autres, c'est, le plus souvent, la mort dans l'âme. Désormais ouvriers ou employés, ils vivent avec dans le cœur la nostalgie des champs, des prés, des immenses pâturages ; la nostalgie du Pays Vert dont on ne parvient jamais à complètement se guérir.

L'une et l'autre des épouses des associés d'André cherchèrent tout naturellement à nouer des relations amicales avec Madeleine.

– Venez donc prendre une tasse de café à la maison, je serai ravie de faire votre connaissance.

Évidemment elle accepta, seulement, si elle trouva ces deux dames très aimables, elle se rendit compte rapidement que leur compagnie ne lui plaisait que très modérément. En fait elle les jugea ennuyeuses comme la pluie. Les petites histoires massiacoises, dont elles se gargarisaient, ne l'intéressaient nullement et elle se fichait éperdument des exploits de monsieur Mizoule. En outre, dans son monde – cette fille de général et petite-fille d'un professeur au Collège de France se montrait très snobinarde –, on vous invitait à prendre le thé, pas le café. Aussi, elle espaça ses visites et, bientôt, ces trois excellentes personnes se virent de moins en moins souvent, tout en gardant heureusement de bons rapports. Dans une association, si les femmes se disputent, c'est le commencement de la fin.

D'ailleurs, une nouvelle et très prenante distraction lui fit offerte, il lui naquit un fils. Quoique pas une fanatique de la reproduction, elle en fut très heureuse, car un peu de gaminaille ne peut qu'apporter de la joie dans un couple.

– Nous l'appellerons Henri comme ton père, lui proposa gentiment André.

– Pourquoi pas.

Ce vieux brave serait sans aucun doute satisfait en constatant qu'il ne comptait pas pour rien dans sa famille malgré sa médiocre carrière.

Trois ans après ce fut le tour d'une fille.

– Ce sera Élisabeth, le prénom de ta mère, suggéra Madeleine à son mari.

– Elle s'en montrera contente, merci.

Ensuite, ils s'arrêtèrent sagement refusant d'encombrer la Terre d'une multitude de petits Vernet, en dépit de l'excellente qualité du patrimoine génétique de ces chérubins. De toute façon, dorénavant, Madeleine avait largement de quoi s'occuper. Il est nettement préférable d'élever correctement deux enfants que fort mal une douzaine. Quant à André, ce veinard ne pouvait vraiment pas se plaindre. Il exerçait un métier qui lui plaisait, dans une région superbe dont il goûtait pleinement la beauté, ses clients l'appréciaient alors que pourtant il commettait pas mal de boulettes, étant loin d'être un vétérinaire aussi génial que l'incomparable monsieur Mizoule, sa femme lui faisait la vie douce et les jeunes Élisabeth et Henri se chargeaient d'égayer son foyer.

La séduisante et diabolique Solange était complètement oubliée.

Chapitre XIII

UN AN et demi après sa condamnation, Paul quitta la maison d'arrêt d'Aurillac, bénéficiant d'une libération anticipée. Détenu modèle, il s'était montré d'une sagesse exemplaire, tandis que, par ailleurs, son avocat s'était beaucoup démené, demandant sans relâche à la Justice de rendre ce pauvre homme à sa malheureuse femme et à ses enfants. Il n'avait péché que par bêtise et il ne présentait aucun danger pour la Société. Il retrouva donc les siens.

La petite Chantal le reçut à bras ouverts et eut la grande sagesse de ne pas lui faire de reproches sur sa conduite passée. Elle se montrait infiniment trop contente de ne plus être seule pour lui dire quoi que ce soit. Elle en avait terriblement bavé en son absence. Frêle, de faible santé, devoir travailler hors de chez elle pour gagner sa croûte l'avait complètement épuisée. Quel soulagement de pouvoir de nouveau se consacrer uniquement à sa cuisine et à son ménage. Son époux allait reprendre sa fonction : assurer le pain de la famille.

Toutefois allait-il trouver une place ? Les repris de justice ne jouissent pas d'une cote très élevée sur le marché de l'emploi. Une tentative d'assassinat, suivie d'une condamnation à la prison, fait une tache déplorable sur un curriculum vitae ! Par conséquent Paul se montrait fort inquiet. Il craignait le pire, sa peine n'était peut-être pas vraiment terminée, elle allait se poursuivre par une interminable période de chômage, par une misère noire.

Mais il eut de la chance. À Massiac, son image de marque n'était pas tellement mauvaise. Il passait plutôt pour un gentil imbécile que pour un redoutable malfaiteur. Ce meurtrier, qui avait volontairement laissé s'échapper sa victime, paraissait presque sympathique, d'autant plus que toutes ses anciennes conquêtes avaient gardé de lui un merveilleux souvenir. Quel remarquable amant ! Quant à ses camarades de boulot, ils l'aimaient bien. Il était un bon gars, serviable, constamment d'humeur joyeuse. Personne ne lui en voulait, même les innombrables maris trompés, car, heureusement, ils ignoraient leur infortune. En outre, Chantal était unanimement appréciée, on la plaignait, on ne lui souhaitait que du bonheur, on ne voulait pas qu'elle crève de faim.

D'ailleurs la situation économique n'était pas encore ce qu'elle devint quelques années plus tard. Les « Trente Glorieuses » n'étaient pas encore terminées. Un type bosseur et doté de deux bras trouvait facilement de l'embauche. La Cymaro, entreprise qui marchait on ne peut mieux, reprit par conséquent son ancien ouvrier, celui-ci ayant toujours donné entière satisfaction. Très occupé hier par sa frénétique quête de l'amour, il ne s'était jamais beaucoup intéressé à la politique et au syndicalisme, se contentant sans protester de la rémunération qu'il recevait ; rémunération pourtant très loin d'être faramineuse. Ce brave homme, pas très malin, était un de ces salariés comme les apprécient les patrons ; pas un de ces emmerdeurs de la CGT, perpétuels revendicateurs, sans cesse en train de réclamer quelque chose et menaçant continuellement de se mettre en grève. Eh oui, une affaire ne marche convenablement et procure de confortables bénéfices à ses propriétaires et aux actionnaires que si les charges sont réduites au minimum. Où irions-nous, je vous le demande, s'il fallait accepter la totalité des exigences sociales des foutraques irresponsables de la Gauche ! Dieu nous en protège ! Grâce au Ciel, la région de Massiac, bien enclavée au creux de ses montagnes, préservée des vents pernicieux de la contestation, ne ressemble en rien aux banlieues rouges qui entourent Paris. Elle reste immuablement fidèle au raisonnable monsieur Pompidou.

Paul reprit donc son ancienne place et, comme auparavant, il apporta sa paye à sa famille à la fin de chaque mois ; maigre paye, mais, au Montel, la vie n'est pas trop chère. Du reste, désormais assagi, il cessa d'employer ses soirées à cocufier allègrement tous les hommes mariés de l'endroit. Afin de passer le temps, il se lança dans une occupation infiniment plus paisible et, surtout, plus lucrative : la culture d'un jardin potager. Au lieu de bêtement et inutilement jeter sa semence à droite et à gauche, il fit pousser des pommes de terre, des carottes et des salades, ce qui améliora grandement l'ordinaire de sa petite famille. Plein d'ardeur, il entreprit aussi d'élever des poules et quelques lapins. Il était conscient d'avoir beaucoup à se faire pardonner.

À la campagne, les gagne-petit sont infiniment moins malheureux que dans les villes, c'est pourquoi, évidemment, acceptant sans murmurer des salaires minables, ils sont fort prisés par le patronat.

Seulement Paul avait toujours des besoins importants, la nature ne s'étant pas montrée chiche envers lui lors de la distribution de la testostérone. Il avait reçu plus que sa dose. Ayant pris la ferme résolution de ne plus faire appel à de la main-d'œuvre étrangère, il dut se rabattre sur son épouse légitime et lui donna tout ce qu'il avait naguère généreusement distribué hors de la couche conjugale. Dorénavant, chaque soir ou presque, la soupe une fois avalée, la télévision éteinte et les deux gamins couchés, ce fut la fête dans la chambre de ces braves gens ; ce furent des séances de galipettes effrénées.

La mignonne Chantal allait-elle résister aux assauts impétueux de son fringant époux ? À en juger par sa fragile carcasse on pouvait légitimement se le demander et craindre le pire. En fait, plus résistante qu'il n'y paraissait, elle supporta vaillamment et sans souffrir ses orgasmes quotidiens ; elle y prit même goût. À l'entendre bramer, on ne pouvait vraiment pas douter qu'elle goûtait infiniment la chose.

« Comment ai-je pu m'en passer jusqu'à aujourd'hui, se demandait-elle, quand ce monstre préférait à moi toutes les traînées du coin, comme cette infâme Solange ? J'espère que cette horrible garce va passer le reste de son existence en prison. Maintenant je tiendrai Paul à l'œil. Il est mon mari, non mais ! »

Il aurait été désastreux que les semences ainsi distribuées sans compter, tous les jours, excepté ceux où Madame avait ses affaires, germent et produisent un régiment de jeunes Levet. L'infortunée Chantal n'y aurait pas résisté et cette séduisante petite personne se serait rapidement transformée en une pitoyable matrone, aux chairs flasques, au ventre envahi de vergetures, aux mamelles pendantes et aux jambes couvertes de varices disgracieuses. Un véritable désastre qui aurait, bien entendu, incité son chaud lapin d'époux à de nouveau chercher ailleurs ce qu'il ne trouvait plus chez lui ; d'autant plus que son logis, plein d'une marmaille envahissante serait devenu rien moins qu'accueillant ; un Enfer épouvantable. Des lardons la morve au nez sortant de partout, se disputant, hurlant, pleurant, semant une pagaille invraisemblable. L'horreur ! Laissez venir à moi les petits enfants, oui, je veux bien, mais, par pitié, point trop n'en faut !

Par chance, notre Divin Créateur se montra d'une extrême bonté à l'égard de ce couple sympathique. Tous deux, assez benêts, ne prenaient aucune précaution. Là où il y a de la gêne, il n'y a pas de plaisir, aussi Monsieur refusait-il d'entendre parler de préservatifs et encore moins de retrait. Quand il y allait, ce brave y allait ! Madame, elle, très timide, n'osait pas se procurer des pilules, à cette époque encore à leurs premiers balbutiements dans la France profonde. Elle craignait à juste titre d'essuyer quelques remarques désagréables de la part du pharmacien de Massiac ; un bourgeois réactionnaire, calotin et attachée à de vieilles valeurs complètement ringardes, qui ne se serait pas privé de lui adresser de sévères remontrances, se mêlant de ce qui ne le regardait absolument pas.

Pendant de nombreuses années, une multitude de malheureuses passèrent pour être les putains du village chaque fois qu'elles tentaient d'acquérir les petites merveilles inventées, en Amérique, par le docteur Pincus, un bienfaiteur de l'humanité.

Seulement, par miracle, il advint que Paul, ou Chantal, peut-être l'un, peut-être l'autre, peut-être les deux, furent atteints de stérilité. Celle-ci, vraiment inespérée, permit à ces veinards de s'aimer fougueusement sans craindre des catastrophes.

Ils avaient déjà fabriqué deux enfants, assez bien réussis. Croyez-moi, c'était largement suffisant.

Aussi coulèrent-ils des jours heureux, ayant oublié le passé.

Chez eux, l'argent était loin de couler à flots. Ils ne possédèrent jamais les innombrables gadgets qui, de nos jours, font courir le monde, chacun les jugeant absolument indispensables à son bonheur, alors que, pourtant, la plupart sont complètement inutiles. Cependant ils eurent toujours de quoi largement se nourrir, de quoi se vêtir très convenablement et un toit au-dessus de leur tête ; un toit assez minable, mais dont ils eurent la sagesse de se contenter. Surtout ils se trouvaient très bien ensemble ; ils s'aimaient. Paul n'éprouvait plus l'envie de tromper sa femme, quant à celle-ci, il y avait longtemps qu'elle avait pardonné à cet époux volage.

Somme toute, quelques années de prison avaient été fort bénéfiques à ce sacré Paul Levet. Elles lui avaient permis de se livrer à de salutaires réflexions sur les sérieux ennuis qui s'abattent sur celui qui se permet d'être infidèle à sa petite chérie.

Chapitre XIV

SOLANGE, ELLE aussi, bénéficia d'une libération anticipée, cependant, condamnée plus lourdement que Paul, elle dut rester sous les verrous deux ans et demi de plus que ce dernier. Une éternité au cours de laquelle l'ennui et le désespoir furent son lot quotidien. Elle ne fut jamais appelée au parloir ; pas un de ses anciens amis, pas un membre de sa famille ne vint lui rendre visite. Elle était rejetée par tous.

Les prisons françaises, loin d'être vides, sont au contraire surpeuplées. Aussi, à moins d'être un très important personnage, par exemple un ancien ministre qui a volé tellement maladroitement qu'il s'est fait bêtement prendre la main dans le sac, un condamné doit-il partager une cellule exiguë avec plusieurs codétenus. Leur fréquentation quotidienne n'est le plus souvent pas excessivement plaisante. En effet, parmi ces gens, hélas pas issus de la crème de la

Société, il n'y a guère de brillants causeurs et moins encore de personnes d'une amabilité charmante et d'une politesse raffinée.

Par conséquent Solange se retrouva en compagnie de quatre mégères, plus déplaisantes les unes que les autres. Elle était descendue aux Enfers. La promiscuité, le manque totale d'intimité, jointes à la privation de l'amour qu'elle aimait tant, lui firent envisager le suicide. Mais comment s'y prendre au milieu des femmes qui l'entouraient, qui la guettaient, et le jour, et la nuit ? Ne pouvant pas ainsi s'échapper dans l'autre monde, désespérée, elle fut contrainte de rester dans celui-ci. Heureusement, le temps passant, on finit par s'habituer même à ce qu'on croyait être absolument insupportable.

L'une de ses compagnes, Virginie Liabeuf, une grosse mémère ayant dépassé la cinquantaine, aux bajoues flasques et tombantes, les chairs croulantes, les seins volumineux et avachis, les jambes variqueuses, le tout surmonté d'une crinière hirsute de cheveux gris et d'une figure blafarde, ne cessait de gémir sur son sort et sur la dureté des temps. Depuis sa prime enfance, elle avait sans cesse manifesté un total désintérêt pour le travail, n'étant pas plus faite pour le boulot qu'une meute de chiens courants pour chanter la Marseillaise. Or, fort loin d'être attirée par une existence d'ascèse et n'ayant hérité de ses parents que de quelques petites dettes chez les commerçants du coin, elle avait toujours montré un penchant prononcé pour les vêtements luxueux, les bijoux, les riches nourritures et les vins capiteux. Son physique vraiment affligeant – l'infortunée n'avait même pas bénéficié de la beauté du diable – lui ayant interdit de vivre de ses charmes et de ferrer un poisson plein aux as, elle avait donc dû faire ses courses d'une façon un peu particulière : après être entrée dans un magasin et s'y être servie copieusement, elle partait sans payer. Comment aurait-elle pu se débrouiller autrement ? Je vous le demande.

Hélas, cette façon de procéder comporte quelques risques. Certes elle s'y prenait très adroitement. Habillée de vêtements amples, elle enfouissait ses larcins dans des poches profondes et, afin de donner le change, elle réglait à la caisse le prix de quelques babioles de peu de valeur. Malheureusement, ces damnés boutiquiers se montrent tellement soupçonneux et sont dotés d'une vue si perçante qu'elle fut prise sur le fait plusieurs fois et condamnée ; d'abord à des peines légères, puis, ensuite, de plus en plus sévères, son casier judiciaire s'alourdissant fâcheusement au fil des ans.

Pour lors, elle purgeait une énième peine, cette fois de deux ans fermes, ses perpétuelles récidives ayant exaspéré les magistrats, même les plus indulgents et compréhensifs. Il ne fallait pas compter entamer une conversation sur l'amour avec cette femme laide qui ne se trouvait passionnée que par une seule chose : découvrir enfin un moyen de continuer ses lucratives occupations sans se faire pincer. Évidemment il n'était absolument pas question qu'elle renonce à sa seule manière de vivre puisqu'elle se refusait énergiquement à travailler comme tout le monde et détestait l'eau claire et le pain sec ; quant aux gains procurés par le loto, ils sont beaucoup trop aléatoires pour que l'on puisse raisonnablement tabler sur eux.

L'avènement des supermarchés la faisait rêver. Elle tirait des plans sur la comète. Dans ces vastes établissements, le chapardage devait être autrement plus facile que dans les commerces classiques. Elle s'y essaierait dès sa sortie de prison et enfin à elle la belle vie. Toutefois il était à craindre que cette infortunée ne connaisse de terribles désillusions. Femme simple et pas bien maligne, elle ignorait l'existence des caméras, de ces détestables engins empêchant le pauvre monde de s'approvisionner gratuitement en denrées indispensables. Eh oui, depuis la nuit des temps, les nantis ont toujours tout gardé pour eux, tandis que les pauvres sont irrémédiablement condamnés à la misère. Vous pouvez bien faire révolution sur révolution, croyez-moi, cela ne changera jamais rien.

La seconde compagne de Solange, Germaine Pouyade, une grande femme assez enveloppée, sans grâce, le corsage bien rempli et la croupe abondante, la figure pâle et les cheveux d'un blond fade, affichait constamment un air désespéré. Elle avait été conduite derrière les barreaux par la stupidité, la sienne et celle de son mari. Celui-ci, un mâle sans cesse en rut et qui semblait ignorer que quelques précautions élémentaires permettent d'éviter la venue de petits lardons indésirés, lui sautait sauvagement dessus régulièrement chaque soir, même ceux où, ayant ses affaires, elle s'efforçait de le persuader qu'elle était indisponible. Ainsi, il lui avait fabriqué un gosse par an depuis leur mariage ; mariage qu'elle regrettait amèrement.

« Ah, Dieu, ce jour-là j'aurais mieux fait de me casser une jambe ! »

Le Victor – cette brute épaisse d'époux s'appelait Victor – n'ayant pas voulu écouter ses timides protestations, elle s'était retrouvée enceinte pour la dixième fois. La malheureuse en eut plus qu'assez. Trop, c'est trop ! Que faire ? Les faiseuses d'anges lui flanquaient une frousse salutaire, et l'excellente Simone Veil n'ayant pas encore rendu légal l'IVG, elle ne pouvait pas se rendre à l'hôpital pour avorter. Elle était vraiment plongée dans une détresse noire. Infiniment triste d'en être rendue là, elle cacha sa grossesse – comme il y avait longtemps qu'elle avait perdu sa taille de guêpe, cela ne lui fut pas très difficile –, accoucha clandestinement, sans l'aide de personne, puis, son bébé une fois né, elle l'étrangla, en pleurant, et après l'avoir pieusement baptisé, car elle avait de la religion. Il n'aurait pas fallu que ce pauvre enfançon passe l'Éternité dans les Limbes. Au Paradis, assis à la droite du Seigneur, il serait beaucoup mieux. Ensuite, elle l'enterra dans son jardin potager.

La malchance voulut qu'une de ses voisines, une vieille ordure au cœur de pierre, imperméable à toute pitié, l'aperçut et la dénonça. Les gendarmes débarquèrent chez elle, exhumèrent le petit cadavre, elle ne put qu'avouer en versant des torrents de larmes.

Sensible à sa détresse, ainsi qu'à son insondable bêtise, le tribunal ne se montra pas très sévère. Elle ne fut condamnée qu'à six ans de prison seulement. On ne saurait d'ailleurs trop rendre hommage à la profonde sagesse de ses juges. Ces personnes, dotées d'une intelligence supérieure, avaient en effet finement combiné leur affaire. Au cours de son incarcération, Germaine était à l'abri du terrible outil de Victor et, à sa sortie, lorsqu'elle retournerait dans son foyer s'occuper de ses gosses, elle aurait, alors, sans aucun doute, atteint l'âge d'une bienheureuse ménopause. Ainsi son mari pourrait-il enfin s'en donner à cœur joie sans risquer des catastrophes. En somme, cette incarcération n'était pas une mauvaise chose.

Évidemment il fallait éviter de parler d'amour à cette martyre de la vie conjugale.

Les sœurs Pubelier, Clémence et Léa, deux jumelles âgées d'une vingtaine d'années, complétaient la chambrée. Leur ressemblance était telle qu'on ne parvenait que difficilement à distinguer l'une de l'autre. Brunes, courtaudes, les cheveux noirs et légèrement crépus, le front bas, les yeux petits, le nez fort, les lèvres épaisses, la poitrine plate et les jambes tordues, elles n'avaient vraiment pas été gâtées par la nature, d'autant plus qu'elles se trouvaient à la limite de la débilité mentale. Leur vocabulaire se montrant excessivement limité, elles ne s'exprimaient guère qu'au moyen de quelques onomatopées ou, surtout, de ricanements idiots.

Leurs parents, modestes agriculteurs de la région de Saint-Flour, avaient ingurgité une soupe savoureuse, largement assaisonnée à l'arsenic. L'ayant bien entendu très mal digérée, ils étaient passés tout près de la mort. Par chance, un de leurs voisins, entré chez eux par hasard, leur avait évité le pire. Coup de téléphone aux pompiers. Transfert rapide à l'hôpital.

Là, un lavage d'estomac et des soins appropriés leur avaient redonné la santé. L'enquête, menée avec diligence, avait permis de découvrir que c'était ces deux charmantes demoiselles qui avaient ainsi accommodé le dîner de leur papa et de leur maman. Or les époux Pubelier, honorablement connus dans le pays, n'avaient jamais, aux dires de tous, maltraité leurs enfants. Pourquoi donc celles-ci avaient-elles commis cet acte monstrueux ?

– Pourquoi ce crime ? leur avait-on demandé.

– Bé... Bé...

– Alors ? Expliquez-vous.

– Heu... Heu...

On ne put rien leur tirer d'autre. Cependant, en dépit de la qualité absolument déplorable des petites cellules grises des coupables, elles furent déclarées responsables de cette tentative d'assassinat et condamnées à douze ans de réclusion. En fait leur place était dans un établissement psychiatrique, mais l'Administration n'en est pas à une boulette près.

Cohabiter avec elles n'était pas excessivement plaisant. Elles ne disaient pas un mot de la journée et ne s'animaient qu'à l'heure des repas. Alors, elles se jetaient goulûment sur leur pitance. Manifestement se nourrir était la seule activité qu'elles jugeaient digne d'intérêt en ce bas monde. En outre, devoir rester à côté de ces jeunes personnes, prêtes à tuer quelqu'un sans aucune raison apparente, était terriblement inquiétant. Solange, morte de trouille, en avait perdu le sommeil. Aussi vivait-elle dans la peur, l'ennui et le désespoir.

Heureusement, rayon de soleil dans cette galère, Nicole Bresson débarqua un beau matin dans sa cellule. C'était une grande blonde, parée encore de l'éclat de sa jeunesse et dotée d'un corps splendide à faire rêver tout un dortoir de lycéens boutonneux. Mince, les jambes fuselées, un joli visage harmonieusement posé sur un long cou de gazelle et surmonté d'une masse de cheveux dorés retombant sur ses épaules, elle faisait presque passer la pauvre Solange pour une souillon ; il faut dire que sa longue incarcération n'avait pas arrangé la beauté de celle-ci.

Prostituée de son état, cette dame ravissante avait eu l'idée déplorable de soulager ses clients des menus objets qui se trouvaient dans leurs poches. Fructueuse activité qui, hélas, n'est pas exempte de danger. Beaucoup de michetons, bassement attachés à leurs sous, ayant porté plainte, elle avait été arrêtée, inculpée, puis, à la suite d'un procès, condamnée à passer un an en prison, ses juges ayant totalement manqué d'indulgence en dépit de son ensorcelant sourire ; ces saligauds devaient être homosexuels. Pourtant elle pouvait largement invoquer des circonstances atténuantes.

En effet, elle avait été séduite par un charmant jeune homme, Riton de Belleville, à la belle petite gueule et aux longues mains blanches, et, surtout, par ses promesses d'éternelles vacances sur la Côte d'Azur, les pieds dans l'eau ; promesses qui n'étaient que des balivernes destinées à piéger les bécasses dans son genre. Aussi avait-elle rapidement abouti sur le trottoir, en minijupe et la poitrine quasiment à l'air. Dur métier, particulièrement en hiver. Grâce à son superbe physique elle ne risquait pas d'être au chômage, mais elle était privée de la satisfaction légitime d'accumuler du pognon, car son sympathique protecteur se chargeait d'employer celui qu'elle gagnait honnêtement à encourager l'élevage de l'espèce chevaline ; encouragement prodigieusement onéreux pour ceux qui y consacre généreusement leur existence. Ainsi, sans un rond ou presque, naturellement lui était venu la tentation de barboter le portefeuille ou d'autres babioles à des types, pour la plupart assez répugnants, objets qui, bien sûr, échappaient à la main rapace de Riton.

Son emprisonnement avait rendu ce dernier fou de rage.

« Ah, la salope, faut pas qu'elle compte sur moi pour lui apporter des oranges en taule et, quand elle sortira, je te vais lui coller, pour lui apprendre à vivre, une de ces avoinées dont elle se souviendra ! »

Néanmoins en prenant garde de ne pas trop l'abîmer afin qu'elle puisse faire encore de l'usage.

On ne pouvait que comprendre la fureur de ce parfait gentleman. Non seulement sa meilleure gagneuse se trouvait indisponible pendant un an, quelle perte, mais, en plus, le pèze qu'elle avait piqué, lui, son employeur, n'en avait jamais vu la couleur. Une impardonnable voleuse, cette garce ! Dépourvue de toute moralité ! De toute conscience professionnelle ! Voyons, chacun à sa place : les dames au turbin et les messieurs, les hommes, les vrais, pas les caves, les fouilles confortablement garnies, aux courses ou au poker.

Ainsi, n'ayant récolté que ce qu'elle avait mérité, l'infortunée Nicole, abandonnée de tous, ne recevait aucune visite, aucune petite douceur pour améliorer l'ordinaire exécrable de la prison. Cette commune détresse rapprocha les deux femmes, elles se lièrent d'amitié. Elles tuaient le temps en se racontant leur vie. Toutes deux avaient joué de malchance. L'une était tombée sur André, un sinistre rabat-joie, plus ennuyeux encore que la pluie en automne et, ensuite, sur Paul, un pauvre imbécile, même pas capable de la débarrasser d'un époux encombrant. L'autre sur cet horrible Riton qui l'avait exploitée honteusement après s'être joué de sa candeur de jeune fille innocente.

– Les hommes, une sale engeance !

– À qui le dis-tu !

Seulement être privées d'amour les rendait languissantes. Après avoir, l'une et l'autre, mené une vie sexuelle débridée, tomber dans une complète chasteté obligatoire était une épreuve épouvantable pour ces deux malheureuses. La folie les menaçait. Cela ne pouvait pas durer.

Aussi, Nicole, en vraie professionnelle, grande connaisseuse en la matière, prit-elle les choses en main. Une nuit, profitant du sommeil de leurs codétenues, qui ronflaient harmonieusement avec un bel ensemble, elle se glissa dans le lit de sa compagne et lui montra que les messieurs ne sont pas vraiment indispensables au bonheur des dames. Cellesci peuvent très bien s'en passer. Experte en caresses délicates, ses doigts et sa langue firent merveille. Dorénavant, la pauvre Solange put à nouveau monter au septième ciel. Un bon petit orgasme quotidien améliora infiniment sa condition de prisonnière. Évidemment, dépourvue d'égoïsme, elle rendit les mêmes services à sa douce initiatrice. Le moral de ces deux dames charmantes remonta en flèche. Pour elles, l'existence reprit un peu de couleur.

Toutefois, au début de leurs relations intimes, Solange se montra un peu inquiète :

– Faudrait pas que tu me colles une sale maladie.

Eh oui, fréquentant des régiments de mâles de toutes provenances, l'adorable Nicole exerçait un métier à hauts risques.

– Tu n'as rien à craindre, ma poule, ce salaud de Riton tenait à ce que je sois toujours en bon état de marche. Donc j'étais régulièrement suivie par un toubib, il me surveillait le « frifri » comme du lait sur le feu. Propre à mon entrée en prison, ce n'est sûrement pas là que j'ai pu attraper une cochonnerie. Tu peux me croire.

– Tu me rassures.

Sortir de taule après y avoir chopé la vérole aurait été le comble de la malchance !

Ainsi les ébats de ces deux dames délicieuses purent-ils continuer sans entrave, ils les rapprochèrent l'une de l'autre plus encore. Entre elles ce n'était plus une simple amitié, c'était de l'amour. En fait, possédant un stock d'hormones absolument normal, aux femmes elles continuaient à préférer les hommes, mais, nécessité faisant loi, elles ne dédaignaient pas de faire une incursion temporaire dans l'autre camp.

Heureusement, Virginie, Germaine et les sœurs Pubelier plongeaient dans un sommeil profond, dès la nuit tombée. Il aurait été très désagréable de se donner en spectacle devant ces quatre horreurs.

– J'ai une idée, annonça Nicole.

– Quoi donc ?

– À ma sortie de taule, je reprends mon métier.

– Oh !

– Oui, mais, cette fois, en indépendante.

– Et Riton ?

– Il peut aller se faire cuire un œuf, ce fumier !

– Tu n'as pas peur ?

– Un peu, c'est pourquoi j'aimerais bien m'associer avec toi.

– Hein !

– Eh oui, à deux, on est plus fort, on se protège mutuellement.

– Se protéger.

– Tu sais, il faudra se défendre contre Riton et ses confrères, contre les mecs qui n'apprécient guère les insoumises.

– Je vois.

– On les prive de leur gagne-pain, faut les comprendre !

– C'ne sera pas drôle.

– Et puis il faudra compter sur nos charmantes consœurs qui tiennent à leur territoire, à leur portion de bitume. Elles ne sont pas très partageuses, ces nanas ! Tu peux me croire. Tout n'est pas rose, dans ce foutu métier. Il y règne la loi de la jungle. Et je ne te parle pas des poulets qui peuvent t'emmerder continuellement s'ils n'ont rien d'autre à foutre.

Ce tableau vraiment peu attrayant ne séduisant pas Solange, elle déclina cette proposition pourtant fort intéressante, financièrement parlant. D'ailleurs, si elle se montrait friande de parties de jambes en l'air, la perspective de passer son existence à coucher avec n'importe qui, avec des types parfois sales et répugnants, en ayant sans cesse la trouille d'attraper une saloperie, l'enthousiasmait d'autant moins qu'elle ne se voyait vraiment pas en train de se battre à coups de parapluie pour protéger son bout de trottoir. Et quelle catastrophe si elle tombait sous la coupe d'un maquereau, ce serait le bagne. Toutefois, elle ignorait totalement ce qu'elle allait pouvoir faire une fois libre. Elle se retrouverait seule et pratiquement sans un sou. Elle caressait le rêve de tomber sur un mâle, un vrai, bâti comme Paul, mais doté d'un cœur de lion et non pas d'une âme de lavette, amusant, pas ennuyeux comme son déplorable premier mari et aussi riche que Crésus. En sa compagnie, elle roucoulerait jusqu'à la fin de ses jours. Il vaut mieux faire l'amour dans un palais que dans une chaumière. Seulement, lucide, elle savait bien qu'un tel phénix ne court pas les rues et que, si par un heureux hasard elle en rencontrait un, jamais il n'accepterait de vivre avec une dame sortie de prison après avoir tenté d'assassiner son époux. Hélas, en dépit de sa beauté, aujourd'hui, elle ne pouvait pas viser très haut, sa cote d'ancienne taularde n'étant pas élevée.

Libérées le même jour, les deux femmes se séparèrent non sans beaucoup de regrets. Elles s'embrassèrent.

– On ne se perd pas de vue.

– Oui, promis !

– On s'écrira.

– On se téléphonera.

Elles s'étaient juré une éternelle amitié. Malheureusement la vie est ainsi faite que le torrent de l'existence les emporta chacune de son côté.

Elles ne se revirent jamais. Désireuse d'échapper aux représailles du terrible Riton, Nicole coupa tous les ponts. Elle partit au fin fond de l'Espagne, estimant à juste titre que l'exercice de sa profession serait infiniment plus attrayant sous l'agréable climat régnant dans le sud de l'Europe que dans la froidure du Nord. En outre, il est bien connu que les Méditerranéens sont de chauds lapins, ce qui ne pourrait que lui être profitable ; les clients ne lui manqueraient pas, d'autant plus que les épouses de ces messieurs, un peu trop confites en dévotions, très influencées par une religion castratrice, refusent d'adopter ces heureuses initiatives qui transforment un banal accouplement en une véritable œuvre d'art ; ainsi leurs maris, légitiment frustrés, en sont réduits à faire appel à des dames expertes et à la cuisse accueillante.

Ne disposant que de fort peu d'argent – un modeste pécule produit par un travail effectué dans sa prison et très chichement rétribué –, Solange se trouvait plongée dans un profond embarras. Où dénicher un boulot ? Qui accepterait de l'embaucher ? Le plus simple, pour cette fille de gros éleveurs du Cantal, était de revenir chez ses parents.

« Maintenant j'ai payé ma dette. Seulement ils ne sont jamais venus me voir depuis mon incarcération. Ils ne m'ont pas donné le moindre signe de vie. Ils doivent encore m'en vouloir à mort. Peut-être vont-ils me foutre à la porte ? »

Elle leur avait écrit pour implorer leur pardon et ils ne lui avaient pas répondu. Ils devaient l'avoir bannie à jamais de leur existence.

« Oui, c'est malheureusement vrai, ma petite, mais qui ne tente rien n'obtient jamais rien. Je peux toujours essayer. Ils ne vont quand même pas me recevoir à coups de fusil. Si cela marche, tant mieux, sinon tant pis. Ce serait vraiment con de crever de faim alors que j'ai un père possesseur de quatre-vingts hectares de pâtures. »

Elle monta dans le train pour Massiac. Arrivée là, elle prit un taxi pour gagner Molèdes, en dépit du prix élevé de la course. Elle descendit de voiture devant la porte de sa ferme natale. La peur au ventre, elle s'approcha, poursuivie par les aboiements hargneux d'un chien. Comment allait-elle être reçue?

Ce fut sa mère qui lui ouvrit. Les cheveux devenus blancs et le visage couvert de rides, la pauvre femme avait terriblement vieilli.

– Ah, c'est toi.

– Oui, c'est moi.

– Tu t'es donc évadée ?

– Mais non, j'ai été libérée ce matin.

– Déjà !

– Déjà ! Moi, j'ai trouvé que c'était bougrement long.

– Long ! Tu rigoles, c'n'aurait été que de moi, tu aurais été condamnée à perpète ! Une criminelle !

Manifestement la mère Boudon n'avait pas pardonné à sa fille. Son accueil était rien moins que chaleureux. Prudemment Solange changea de conversation :

– Et vous, ça va ?

– Très mal.

– Oh !

– Ton pauvre père est mort.

– Non !

– Eh si, le mois dernier. Son cœur a lâché.

– Il n'était pas bien solide de ce côté-là.

– Ouais, mais ce qui a tué ce malheureux c'est tout ce que tu lui as fait voir. Il ne s'en était pas remis.

Aïe ! Aïe ! Aïe ! Cette réception absolument glaciale montrait qu'il n'était absolument pas question de tuer le veau gras pour fêter le retour de l'enfant prodigue ! Solange était l'unique responsable des catastrophes s'étant abattues sur la famille Boudon.

– …

Que pouvait-elle répondre d'autre ?

– Et, au fait, qu'est-ce que tu viens faire ici ?

– Ben… Ben… Je pensais…

– Alors ?

– Je pourrais peut-être t'aider à la ferme ?

– Aider ? Tu ne manques pas de culot !

– Heu… Comme autrefois, j'y avais du goût et j'suis costaude.

– Ah.

Le décès de l'infortuné père Boudon allait grandement arranger les choses pour sa fille. En effet, sa veuve, n'ayant pas encore atteint l'âge de la retraite, se trouvait très embarrassée. Elle cherchait un commis. Or, jusqu'à présent, ne s'étaient présentés que quelques vieux ivrognes, bons à rien à part descendre des canons. Elle détestait Solange, cette enfant dénaturée qui avait couvert de honte sa famille, seulement son arrivée lui tirait une belle épine du pied, mais, évidemment, elle n'allait pas le lui dire et se jeter à son cou en versant des larmes de reconnaissance.

– Tu peux toujours me prendre à l'essai.

– Ouais, si tu veux, finit par accepter la mère Boudon, comme à regret, en prenant grand soin de ne pas paraître enthousiasmée par cette proposition.

– Bon et bien laisse-moi entrer.

Toute cette conversation s'était déroulée devant la porte afin de montrer à cette réprouvée qu'ici elle n'était plus chez elle.

– Attention, ne te fais pas trop d'illusions. Je t'embauche uniquement parce que je ne peux pas faire autrement et ce n'est qu'en attendant que je déniche un employé valable. Après du balai, tu prendras la porte.

Pendant quelques jours, à la ferme Boudon, l'ambiance risquait de manquer de chaude cordialité. Toutefois, ouf, Solange avait gagné la partie et repris sa place chez elle. Quel soulagement alors qu'elle avait craint un moment d'être obligée, pour ne pas sombrer dans la misère, d'adopter la profession de son amie Nicole. Certes la disparition de son père l'attristait, un si brave homme, et elle se doutait que les rapports qu'elle aurait avec sa mère ne seraient pas excessivement chaleureux, néanmoins sa situation aurait pu être pire. Elle pensa que le temps se chargerait d'effacer les rancœurs, surtout si son travail donnait satisfaction. Elle avait voulu quitter le cul des vaches en épousant André, cela n'avait pas marché, tant pis. Revenir à ses anciennes occupations était un moindre mal. Quant à la menace de voir débarquer un jour un commis modèle, qui la remplacerait, elle ne l'empêcha pas de dormir. Qui donc pouvait envisager de venir s'enterrer dans ce coin perdu de Molèdes pour y effectuer un boulot salissant, fatigant et chichement rémunéré ? Surtout de nos jours où l'Administration paye les feignants à ne rien foutre.

Elle se retroussa les manches et se mit au travail. Le domaine, quoique exploité uniquement par deux femmes, marcha tout à fait convenablement. La traite ne s'effectuait plus à la main depuis belle lurette. Un évacuateur à fumier, mû par l'électricité, rendait facile le nettoyage de l'étable et celle-ci, moderne, intelligemment conçue, se trouvait munie d'un couloir central, accessible aux tracteurs ; aussi nourrir les bêtes était-il devenu un vrai plaisir. Les foins, hier une véritable et interminable galère, s'accomplissaient dorénavant en trois coups de cuillère à pot, grâce à une noria de machines. Solange ne possédait pas les gros bras musculeux d'un homme, mais elle avait une bonne tête, des mains adroites et, après tous ses ennuis, la ferme envie de réussir. Il n'en fallait pas plus.

Dans le village et aux alentours, les femmes, dans leur ensemble, lui firent la tête. Elles ne lui adressaient pas la parole, refusaient de la saluer avec obstination et aucune ne consentit à la recevoir chez elle pour prendre une tasse de café, en discutant de choses et d'autres. La malheureuse était une pestiférée. Elle le resterait sans doute très longtemps. Ces dames ne lui pardonneraient jamais d'avoir ridiculisé, puis tenté d'assassiner son mari, ce charmant André Vernet, un vétérinaire si gentil et si dévoué.

En revanche, les hommes, pour la plupart, l'accueillir infiniment plus aimablement. Peut-être possédait-elle une âme de démon, mais, sacré bon Dieu, qu'elle était belle ! Aucun mâle normalement constitué ne pouvait rester insensible à son séduisant sourire, à l'éclat de ses yeux et à sa silhouette de rêve.

Tous étaient plus ou moins amoureux d'elle, ce qui ne manqua pas de déclencher d'aigres disputes dans les ménages de la commune.

– Je t'interdis, tu m'entends bien, je t'interdis absolument de parler à cette sale putain, à cette horrible criminelle.

– Bof, comme tu y vas, elle a payé sa dette, la pauvre. Faut maintenant lui laisser sa chance. Y a-t-il du bon sens à se faire la gueule entre voisins.

– J'te vois venir avec tes gros sabots, saligaud, tu veux fricoter avec cette salope !

– Mais pas du tout ! Pas du tout ! Qu'est-ce que tu vas imaginer !

– J'te préviens, si jamais je t'y prends, je fous le camp !

– Non !

– Eh si !

– Et où c'est que t'iras, pauvre cloche ?

– Je retournerai chez ma mère !

Devant cette menace, dans le seul but d'avoir la paix et la soupe toujours prête, les messieurs promirent de se rester sages. Mais bon Dieu, qu'est-ce qu'elles se montrent emmerdantes ces sacrées femelles quand elles s'y mettent !

Seulement il n'y avait pas que des hommes mariés dans le coin, certes pas. Dans beaucoup de fermes, surtout dans les plus isolées, se trouvaient d'infortunés célibataires malgré eux ; des gars qui n'avaient jamais réussi à se dégoter l'âme sœur. Le retour de Solange au pays en fit rêver plus d'un et notamment l'Albert Passelaigue, de La Besseyre, un hameau dressé à quelque trois kilomètres du chef-lieu de la commune de Molèdes.

Grand gaillard d'une quarantaine d'années, doté de muscles saillants et d'épaules de déménageurs, il ne pouvait que satisfaire l'appétit des dames les plus exigeantes. Pourtant il n'était pas parvenu encore à dénicher une compagne. Il faut dire que, dans sa recherche de l'amour, il cumulait les handicaps. Avec sa grosse tête carrée, son nez épais et large, son visage mangé par une barbe broussailleuse et sa tignasse parfumée au purin, il n'était vraiment pas très séduisant, d'autant plus que, ne daignant se laver que chaque fois qu'il lui tombait un œil, il ne sentait, non pas la rose, mais un mélange de fumier, de tabac et de vinasse. Il semblait toujours avoir passé sa journée à curer son étable et vous donnait presque des frissons dans le dos tellement il paraissait sortir d'une grotte préhistorique. Cependant, en dépit de cet aspect on ne peut plus rébarbatif, c'était au fond un excellent homme qui ne se livrait pas à des sacrifices humains au cours des nuits de pleine lune ! Hélas, ses qualités cachées n'avaient pas attiré favorablement les regards des demoiselles.

Malade de solitude, ce pauvre bougre aurait épousé le Diable en personne si celui-ci avait revêtu un jupon. Or son domaine, un superbe domaine d'environ quatre-vingts hectares de pâtures, touchait celui des Boudon. Il connaissait Solange depuis toujours et, jusqu'alors, pas un seul instant il ne s'était imaginé qu'une pareille déesse, descendue du Ciel sur la Terre, lui était destinée. À part dans les romans, la Belle n'épouse pas la Bête. Seulement, par chance, la situation avait considérablement évolué. Aujourd'hui, devenue une paria, elle ne pouvait plus faire la fine bouche. Il réalisa que maintenant il pouvait réussir.

Il n'hésita pas longtemps, il n'aurait pas fallu qu'un pèlerin le devance. Certes son séjour en prison avait beaucoup dévalorisé la dame, néanmoins elle était encore un morceau de premier choix. Un soir il se présenta chez les Boudon. Afin de mettre toutes les chances de son côté, il s'était rasé, lavé – uniquement les mains, il ne faut quand même pas exagérer, tombant d'un excès dans l'autre ! – et avait enfilé son costume le moins dégueulasse. N'étant pas homme à tergiverser longtemps, il mit immédiatement cartes sur table sans se perdre en salamalecs inutiles. Il proposa une association aux deux femmes :

– L'avenir appartient aux gros, les petits sont amenés à disparaître, or, en unissant nos propriétés, nous pouvons monter une sacrée exploitation.

– Si vous le pensez.

– Bon Dieu oui, je le pense, et puis il vous faut un homme. Vous ne pouvez pas y arriver seules.

– Oh si, lui fit remarquer Solange en souriant, seulement à toi il faut une compagne.

Elle avait bien compris où le gaillard voulait en venir. Il ne se montrait pas excessivement séduisant, toutefois elle n'était plus en mesure d'être très difficile. En outre, instruite par l'expérience, elle savait maintenant qu'un type taillé en athlète est, au lit, un véritable cadeau du Ciel. Il s'y révèle infiniment supérieur à un foutriquet comme ce pauvre André. Évidemment il n'exhalait pas la rose. Bof, quelle importance. Elle se faisait fort, lorsqu'ils vivraient ensemble, de l'obliger à se laver de temps à autre, à changer de linge un peu plus souvent qu'une fois tous les six mois et même à se raser ; peut-être pas quotidiennement, il ne faut pas se montrer trop exigeant, mais cependant chaque dimanche. Elle transformerait ce paysan du Danube en un monsieur presque civilisé. D'ailleurs elle devinait un cœur pur et candide sous cette rude écorce.

Elle mit carrément les pieds dans le plat :

– Ça ne te fait pas peur – se connaissant depuis leur prime enfance, ils se tutoyaient – de vivre en compagnie d'une criminelle ?

– Ben non.

– Et si j'allais recommencer ?

– Tu rigoles !

En fait, il ne se trouvait pas entièrement rassuré. Peut-être cette séduisante sirène lui offrirait-elle, un beau jour, un bol de soupe dans lequel elle aurait glissé une petite friandise à base d'arsenic ? Mais tant pis, il prenait le risque. Tout plutôt que de continuer à vivre dans une désespérante solitude dans sa ferme déserte. Et puis, qu'elle était belle ! Malgré quelques années passées en taule, elle était encore, et de loin, la femme la plus séduisante du canton.

L'affaire fut vite conclue à la grande satisfaction des deux protagonistes et aussi de la mère Boudon qui commençait à en avoir sa claque de travailler comme un bagnard. Grâce à l'arrivée de ce gendre costaud comme un Turc, elle pourrait enfin se reposer un peu. Évidemment le mariage fut célébré avec beaucoup de discrétion. Solange ne pouvait décemment pas parader vêtue de blanc et couronnée de fleurs d'oranger ! Un discret passage à la mairie fut bien suffisant. Pas d'invités. Pas de repas pantagruélique. En revanche la nuit de noce fut un véritable festival. Vous pensez ! Albert avait accumulé suffisamment de réserves pour satisfaire abondamment son épouse. Croyez-moi, elle en eut pour son argent !

Ce fut ainsi que Solange, après beaucoup de déboires, connut enfin le bonheur en compagnie de l'Albert Passelaigue. Elle réussit à le policer, à en faire un homme présentable, propre et habillé correctement. Elle pouvait le sortir sans ameuter les foules. Plus intelligente que lui, elle le menait par le bout du nez, car ce grand costaud était un homme doux et pacifique. Comme il lui procura entière satisfaction dans son travail nocturne, jamais elle n'envisagea, ni de le tromper ni, encore moins, de l'assassiner.

Elle lui donna même un fils. Sans doute les fausses couches qu'elle avait accumulées, lorsqu'elle était mariée avec André, provenaient d'une incompatibilité entre ses ovules et les spermatozoïdes de son époux. Vraiment ces deux-là n'avaient absolument rien eu pour s'entendre. Quelle dramatique erreur avait été leur mariage.

Elle éleva son enfant en priant le Ciel que quelqu'un de bienveillant ne fasse pas connaître à ce petit les turpitudes dont sa mère s'était rendue coupable. Cela aurait été terriblement ennuyeux. Comment aurait-il réagi en apprenant que sa chère et tendre maman avait été condamnée à quelques années de prison après avoir tenté de faire passer le goût du pain à son premier mari ? Il y avait de quoi le perturber pour le restant de ses jours. On lui avait seulement dit qu'elle avait divorcé pour une simple incompatibilité d'humeur ; un doux euphémisme ! Par chance, il ne se trouva personne, à Molèdes, pour commettre l'infamie de semer le malheur dans l'âme de cet innocent.

Et puis le temps se chargea d'effacer le souvenir de cette lamentable histoire.

Possesseurs dorénavant d'un troupeau considérable, une bonne centaine de bêtes, les Passelaigue avaient bien entendu souvent besoin des services du vétérinaire. La décence la plus élémentaire incita messieurs Mizoule et Saupiquet à toujours se rendre chez eux et, même si les routes étaient difficilement praticables et le temps exécrable, à ne pas y envoyer André Vernet. Celui-ci n'aurait sans doute pas beaucoup apprécié de rencontrer une dame ayant tenté de l'assassiner, après l'avoir copieusement cocufié. L'assassiner, passe encore, mais le cocufier, voilà qui était difficile à digérer. Un homme se montre toujours terriblement vexé quand une dame, le jugeant insuffisant, lui en préfère un autre.

Seulement il arriva, un dimanche où il se trouvait seul de garde, qu'une vache des Passelaigue, la Marquise[1], eut la déplorable idée de choisir, on ne peut plus stupidement, ce jour-là pour être prise du mal du veau. Celui-ci se présentait bien, par l'avant,

1 Pourquoi donc beaucoup de vaches se voient-elles affublées du nom de duchesse, marquise ou comtesse ? Mes pauvres amis, ne comptez pas sur moi pour vous le dire, je n'en sais foutre rien.

malheureusement il paraissait être gros, vraiment très gros.

– Il ne réussira jamais à sortir, ce foutu lascar, maugréa l'Albert, même si on tire comme des bœufs. T'as vu les pattes qu'il se paye, cet enfoiré !

– Faut appeler le véto.

– Un dimanche. Ça c'est con. Déjà qu'ils ne font pas l'amour à l'œil en semaine !

– Tant pis, on n'peut pas attendre demain.

Au téléphone, l'Albert tomba sur madame Vernet.

– Messieurs Mizoule et Saupiquet ne sont pas là ?

– Non, ils sont de repos.

– C'est pour un vêlage, sûrement une césarienne.

– Ah.

– C'qui est bougrement embêtant, vous comprenez Madame, c'est que je suis l'Albert Passelaigne de Molèdes, le mari de la Solange.

– Oui, évidemment.

– Seulement j'ne vais quand même pas laisser ma bête crever !

– Essayez donc d'appeler Allanche, ou bien Ardes-sur-Couze. Ce n'est guère plus loin de chez vous que Massiac et ils ne vous laisseront sûrement pas tomber.

C'est ce que fit sans tarder Albert. Hélas, le pauvre fut reçu comme un chien dans un jeu de quilles.

Ardes-sur-Couze :

– Mon mari est absent. Il se trouve à Clermont-Ferrand jusqu'à demain matin.

Maire et conseiller général, cet excellent homme fréquentait plus souvent les bureaux de la préfecture du Puy-de-Dôme que les fermes.

Allanche :

– Nous sommes submergés de travail, aussi ne nous déplaçons-nous qu'uniquement pour nos clients.

– Vous ne pouvez vraiment pas venir ? C'est une urgence ! Un vêlage !

– Non, c'est absolument impossible. Nous sommes désolés.

Les salauds !

Le temps passait, tandis qu'à l'étable des Passelaigue un veau s'impatientait ainsi que sa maman :

« Qu'est-ce que ces andouilles attendent pour nous aider, ils doivent pourtant se rendre compte que seuls nous n'y arriverons pas. »

Terriblement ennuyé, Albert téléphona de nouveau à Massiac :

– Y n'ont pas voulu venir me dépanner.

– Non ?

– Eh si, malheureusement. Ah, Madame, vous me rendriez un sacré service si vous m'envoyiez votre mari, sinon je perds une vache superbe et son veau.

On n'implorait pas en vain Madeleine, femme au grand cœur. Ce n'était pas parce que cette garce de Solange avait tenté de tuer André, pensa-t-elle, qu'il fallait condamner à mort deux pauvres bêtes, totalement innocentes de ce crime.

– D'accord, dès qu'il sera revenu de La Chapelle-Laurent, où il est allé rentrer une matrice, je vous l'envoie au plus vite.

– Merci Madame.

En débarquant dans la superbe étable des Passelaigue, notre vétérinaire ne savait pas trop quelle attitude adopter. Comment se comporter vis-à-vis de son ex-femme ? Devait-il faire comme si rien ne s'était passé entre eux, ou bien prendre une physionomie glaciale et refuser de lui tendre la main ? Heureusement, Solange, qui était loin d'être une imbécile, avait eu l'excellente idée de disparaître. Il ne fut reçu que par son ancienne belle-mère et par Albert. Tous deux se confondirent en remerciements.

– Bof, c'est normal, il n'y a pas de dimanche pour les urgences.

Il fut conduit devant la pauvre Marquise.

– Vous allez pratiquer une césarienne ?

– Oui et fissa, car ce jeune citoyen attend déjà depuis trop longtemps.

André n'eut pas besoin d'aide pour effectuer son opération. C'est en forgeant qu'on devient forgeron. Maintenant, expérimenté, il maîtrisait parfaitement son sujet. Il demanda seulement à Albert d'immobiliser sa bête à l'aide de pinces mouchettes placées dans les trous du nez de celle-ci et à la mère Boudon de lui tenir la queue – celle de la vache, vous avez compris.

L'affaire se trouva favorablement terminée en à peine plus d'une demi-heure. Par chance le veau n'avait pas souffert. Son propriétaire, un type qui connaissait parfaitement son boulot, s'était tout de suite rendu compte de sa taille, aussi n'avait-il pas tenté de tirer dessus comme un âne. S'il était resté coincé à mi-chemin de la sortie, il serait sans doute mort étouffé. Au contraire, demeuré tranquillement dans le petit nid douillet où il se développait depuis neuf mois, le gaillard était plein de vie.

Un paysan clairvoyant a énormément moins de pépins qu'une andouille.

Albert était intelligent, mais, rustre mal dégrossi, il manquait de délicatesse ; son éducation comportait toujours d'importantes lacunes, Solange ne l'avait pas encore transformé en un homme vraiment civilisé. Aussi crut-il spirituel, en dépit des gros yeux que lui faisait sa belle-mère, de demander :

– Vous nous ferez bien un prix ?

– Un prix ?

– Eh oui, un prix d'ami ! Voyons, votre ancienne femme !

Malgré son grand sens de l'humour, André ne trouva pas cette réclamation excessivement drôle, mais plutôt très déplacée.

– Ça fera trois cents francs, c'est le tarif habituel, répondit-il froidement.

– Ah bon.

– Remarquez que je n'applique jamais la majoration du dimanche quand il s'agit de césarienne. Un de mes deux collègues viendra dans quelques jours enlever les points de suture.

Puis il s'en alla sans s'attarder.

« Qu'est-ce qu'il croit, cet apôtre ? Que je garde un excellent souvenir de ma première femme et des bons soins dont elle m'a entouré. Quel sinistre abruti ! Affublé d'une pareille gueule de paysan du Danube, cela ne m'étonne pas qu'il soit con à ce point. Il fait bien la paire avec Paul Levet. Solange doit apprécier les grosses brutes, au faciès de chimpanzés, tout dans les muscles, rien dans la tête ! »

Du même auteur

Les Lycaons du Livradois, éditions du Panthéon 2002.

Le Domaine perdu, éditions de la Montmarie 2007.

Les Roses rouges de Garigoule, éditions de la Montmarie 2008.

Les Remparts de la haine, éditions de la Montmarie 2009.

Ombres et Lumières sur la montagne, éditions des Monts d'Auvergne 2010.

La Ferme rouge, éditions des Monts d'Auvergne 2011.

Le bonheur refleurira-t-il ? éditions des Monts d'Auvergne 2012.

Safari dans les Monts d'Auvergne, éditions des Monts d'Auvergne 2012.

L'Étrangère de Chaliac, éditions des Monts d'Auvergne 2013.

Grommières, la ferme du mystère, éditions des Monts d'Auvergne 2014.

Amours au Pays Vert, éditions Tournez la page 2014.

La Vie de château en Auvergne, éditions des Monts d'Auvergne 2015.

Au secours ! Ma femme s'est envolée !, éditions Tournez la page 2015.

La Martyre des monts du Livradois, éditions des Monts d'Auvergne 2016.

Les Mantes religieuses auvergnates, éditions Tournez la page 2016.

Rififi chez les ploucs, éditions Tournez la page 2017.

Dans le lit de la reine, éditions des Monts d'Auvergne 2017.

L'Ours du Cézallier, éditions des Monts d'Auvergne 2018.

Marche ou crève, Marinette !, éditions Tournez la page 2018.

N'y touche pas, malheureux !, éditions Tournez la page 2018.

Les Feux de la vengeance, éditions des Monts d'Auvergne 2019.

Au secours ! Ma femme revient !, éditions Tournez la paage 2019

Ce qui n'est plus, jamais ne reviendra, éditions des Monts d'Auvergne 2020.

La blanche hermine comportait quelques taches, éditions des Monts d'Auvergne 2020.

EAN-13 : 9782364830929
© Éditions Tournez la page, juillet 2020
Achevé d'imprimer en France en juillet 2020

Dépôt légal : août 2020

Tous droits réservés. Toute reproduction, traduction ou adaptation en tout ou en partie, par quelque procédé que ce soit, est strictement interdite sans l'autorisation préalable de l'Éditeur.
Retrouvez nos publications sur www.editions-tlp.fr